俺にトラウマを与えた女子達がチラチラ見てくるけど、残念ですが手遅れです

The girls who traumatized me k
but alas, it's too late.

5
fifth volume

御堂 ユラギ
イラスト：緜

「お兄ちゃん、怖くないの!?」
幼馴染の妹
硯川《すずかわ》灯織《ひおり》

「お義兄様、
これまでどのような経験を――」
異母妹
凍《とう》恋《れん》祇《ぎ》京《きょう》

「ユキのお手伝いなら
任せて！」

友人
神代《かみしろ》汐里《しおり》

大学生
紫蘭《しらん》・ハイトラ・トリスティ
「えへへ」

みんなで
ファッションショー（練習）！

5

The girls who traumatized me keep glancing at me, but alas, it's too late.

俺にトラウマを与えた女子達がチラチラ見てくるけど、残念ですが手遅れです　5

御堂ユラギ

OVERLAP

イラスト／緜

すれ違うアイソレーション

The girls who traumatized me keep glancing at me, but alas, it's too late.

強くなりたかった。
夜中にリビングで一人、ポツンと泣いている母さんを見たから。
朝早く出勤して、夜遅く帰ってくる。そんな生活。会えるのは一日、数時間だけ。
甘えて負担など掛けられない。ただ、強く誓う。
守りたいと思った。この家に男は一人だけだから。
目覚ましをかけて、起きられるようになった。料理を頑張って、作れるようになった。
掃除をして、洗濯をして、いつしか家事が一通りできるようになって。
そして、母さんを必要としなくなった。

強くなりたかった。
泣いている姉さんを見て、それが自分の所為《せい》だったから。
寂しさを埋めようと姉さんに依存した。それが重荷となり、暴発してしまう。
怪我《けが》をさせたことを悔い、謝罪し続ける姉さんを許した。悪いのは姉さんじゃない。
でも、それが更に姉さんを苦しめた。どうすることもできずに、ただ無力だった。
だから、近づかないようにした。避け続けた。

時間が解決するはずだと信じて。
もう二度と依存しないように、もう二度と責任を感じずにいられるように。
無関心でいられるように、心の距離を隔てる。
そして、姉さんを必要としなくなった。

強くなりたかった。
大切な幼馴染《おさななじみ》を失わないように。その笑顔にいつも癒されていたから。
純真無垢《じゅんしんむく》な好意を裏切りたくなかった。一緒にいる時間が何よりも楽しくて。
無邪気に笑い、はしゃぎ、悪意を知らず。そんな、感情表現豊かな女の子。
友達で、親友で、幼馴染で。——そしてその先を望み、それら全てを失う。
彼女には既に守ってくれる存在がいた。落胆も失望もなかった。
いつからか、嫌われている自覚はあった。それでも求めたのはエゴにすぎない。
自分が用済みなのだと理解する。幼馴染には、もう必要なかった。
そして、自分もまた幼馴染を必要としなくなった。

強くなった。
勉学に励み、身体《からだ》を鍛え、部活に打ち込んだ。
同級生と仲良くなった。性別は違うが、同じバスケ部に所属する同級生。

天真爛漫《てんしんらんまん》で、弾《はじ》けるような魅力に溢《あふ》れている。
いつしか一緒にいることが多くなった。多分、その時間は嫌いじゃなかった。
嘘告《うそこく》されても、特に何も変わらない。現実だけがそこにあって。
けれど、同級生は苦しみ、不意に事故に遭遇する。
咄嗟《とっさ》に守ろうとして――大怪我をした。同級生が助かったことに安堵《あんど》する。
周囲から責められないように庇《かば》った。自分が未熟だったから怪我をしただけだ。
最初から、同級生を必要としてなどいないのだから。

そんな出会いを、何度も何度も繰り返す。
いつもそこには、必要ないはずの誰かがいて、涙を流していた。

強くなったはずだった。
誰も必要とせずに、誰からも必要とされずに、少年は完成した。
それこそが強さなのだと、その儚《はかな》い正しさを信じたままで。

――なのに、なのにどうして、君はその手を伸ばすのだろう？

『うん。また今度、時間があるときに。久しぶりに話せて嬉《うれ》しかったよ！　じゃあね』

スマホの通話停止ボタンをタッチして、思わずため息を吐《つ》く。そのまま所在なさげにベッドの上に腰を下ろした。嬉しい……か。つまらない社交辞令に苦笑が零《こぼ》れる。

中学の同級生。とはいえ、特別仲が良かったわけでもない。クラスだって違う。今日まで、これといって接点も交流もなかった。だけど――。

「私って、こんなに知り合い多かったっけ？」

それなりに友人も多いし、クラスメイトとも仲良くやってきたが、それでも限度というものがある。少なくとも、先程まで会話していた相手はその範疇《はんちゅう》にない。

「宝くじに当たると、知り合いが増えるとか言うもんね」

昔からある有名な噂話《うわさばなし》。そして多分、真実なのだろう。高額当選をすると、名も知らぬ親戚が増えたり、これまで縁のなかった知り合いから連絡が来たりする話は有名だ。

なるほど、今の私の状況と合致する。人の価値とは、きっと、こういうことなんだ。

最近になって、男女問わず、かつてのクラスメイトや知り合いから連絡が来ることが増えた。相手の顔と名前が一致せずに、卒業アルバムを開いて確認したこともある。

なんとも俗物的だが、それは、私、神代汐里《かみしろしおり》という人間の価値が上がったから。

他者から魅力的に映っている。自分で認めるのはあまりにも恥ずかしく烏滸《おこ》がましいが、客観的に見れば、そう認識するしかない。価値とは、他者が決めるものだ。

自分で決められるのは、あくまでも価値ある生き方。その価値を決めるのは周囲。

誰かにとって魅力的であることが、その人の価値だと言うなら、私がそう思われていることは、素直に喜ばしいのかもしれない。

「張りぼてだよね……私」

もしもその価値が、私が積み上げたものならば、自信が持てたのかもしれない。

けど、違う。仮初の価値は、居心地が悪くて、荷が重い。

いつの間にか、ユキはインフルエンサーになっていた。そんなユキの言うままに、巻き込まれるような形で、私だけじゃない、巳芳《みほう》君や他の人達《たち》も、色々な体験をすることになった。企業とコラボしたり、ＣＭを撮ったり、何もかもが新鮮で、初体験の連続。これほど印象的な夏は、生涯で今年だけかもしれない。楽しくて、眩《まぶ》しくて、輝いていた。

「けれど――それは私じゃない」

言ってみれば、ユキのオマケのようなもの。光の下で照らされていた。

恩恵を受け、利益を享受し、威光を笠《かさ》に着ているだけのちっぽけな存在。

だって、私は何もしていない。「汐里ちゃん、すごいね！」そんな風に言われる度に、憧れるような視線を向けられる度に、目を背けたくなる。私自身の無価値から。

「すごいなぁ。ユキって」

スマホに保存してあるユキの写真を眺める。無表情だが、凛々《りり》しい。畏敬の念を抱く。それと同時に自覚してしまうのだ。空っぽな自分を。

ユキに聞いた。「私じゃ、ユキを幸せにできないのかな?」って。

ユキに答えられるはずがない。でも、私は答えを分かっていたのかもしれない。

――だからこそ、不安で尋ねた。そして、ユキの沈黙こそが答えだ。

私にユキを幸せにすることなんてできない。それが現実。

ユキが積み重ねてきた膨大な価値。何もしてこなかった空虚な私の価値。

どうして、そんな私がユキを幸せにできるの?

「……できないよ、今の私には」

もし、ユキが私の告白を受け入れてくれたとしても、このままなら、いつしか劣等感で耐え切れなくなり、潰れるかもしれない。私が私を相応《ふさわ》しくないと思うのだから。

対等じゃない、庇護《ひご》されているだけの関係。ユキに嫌な役目を押し付けてしまった。

告白を断られた。それが、ユキの優しさだと理解してしまう。

だから、私もいつまでも諦められない。ユキに幸せを与えられていないから。

まだ同じ土俵に立っていない。これは不公平な勝負。場外から眺めるだけの観客。

「でも私は、サブヒロインのままじゃ嫌だから」

上がるんだ表舞台に。震える足で、けれど勇気を持って、当事者《ヒロイン》へと。

胸を張り、価値ある生き方、その為《ため》に。ふつふつと湧き上がってくる。漲《みなぎ》る気力。

私はまだレベルが足りない。この世界で共に歩むパートナーとして。

「探すよ。見つけるんだ、私の価値を――」

ユキの背中から視線を外して、広がる世界へと、一歩を踏み出す為に。


「うひゃー、あっついなー」

パタパタと手で煽《あお》ぎながら、タオルで汗を拭う。

部活が終わり体育館を出ると、待ち構えていたように日差しが体力を削ってくる。

美白に拘《こだわ》るつもりはないが、人並みに美容にも関心を持ち始めていた。皮が剝《む》けてボロボロになるのは見栄えがよくない。好きな人に見られたくないと思うのは、乙女の細やかな願いだ。鞄《かばん》から取り出した日焼け止めクリームを塗りながら、校門へ向かう。

「あ、待って。神代さん！」

背中越しに呼び止められる。振り向くと、追いかけてきたのは二年の鈴木《すずき》先輩だった。

「……今日は、一人なんですね」

「参ったな。ツーストライクに追い込んでからのアウトローへスライダー。三振さ」

「野球部だからって、無理に野球で喩《たと》えなくても……」

「すまない。図星すぎて初回先頭打者ホームランだったから」

個性のアピールに失敗しているが、口にはしなかった。少しだけ気まずい相手。

告白されて、断った。後ろめたいことはなくても、意識せずにはいられない。

「彼と比べたら、個性が足りないかもしれないと思って」

「不毛です先輩」

聞き返すまでもなく、それが誰かは一目瞭然だった。

「そう、そのことでさ、神代さんに謝罪したくて」

「謝罪？」

先輩はユキのことをあまり好ましく思っていない。以前衝突したことを思い出して、身体が強張《こわば》る。元はと言えば、私の問題だ。無関係なユキを巻き込むのは憚《はばか》られた。

「前回はごめん！」

緊張する私の思惑とは裏腹に、先輩は勢いよく頭を下げた。気勢を削《そ》がれる。

「あの、頭を上げてください！」

困惑する私に、先輩は申し訳なさそうに、頭をかいた。

「彼の言う通りだよ。そんなつもりはなかったとはいえ、言い訳にすぎない。集団で取り囲んで、あんな風に迫るのは、ダサいと言われても反論のしようもない」

鈴木先輩は野球部の次期エースとして期待されている。私が知っているのはそれくらいで、それほど親しいわけでも、数多く言葉を交わしたわけでもない。でも、こうして自らの行いを反省して、下級生に素直に謝罪できる先輩は、率直に言って立派だった。

「すみませんでした！　その、嫌みで言ったんじゃなくて――」

「分かってる。気にしないで」

鈴木先輩は、苦笑しながらタオルで汗を拭った。野球部の部員は比較的多い。その中でエースを張るというのは、実力がなければ不可能だ。これまであまり良い印象を抱いていなかったが、下級生に頭を下げられる先輩のことを、私は見直していた。

「神代さんは、彼が好きなのか？」

別れ道まで歩きながら、会話を重ねる。

「はい。……でも、フラれちゃいましたけど」

意外だったのか、鈴木先輩は驚いた様子を見せた。

「本格派の速球を投げられる先発左腕くらい、なんとも羨ましい話だ。勿体《もったい》ない」

鈴木先輩は右投げ右打ちだと教えてくれた。どうでもいい情報を知ってしまった。

そっか。私、先輩のことを何も知らない。思えば、これまでの私は、誰かに告白されたとき、相手を知ろうともせずに断っていた。むしろ、ユキに対するアピールとして利用していた気もする。利己的で浅ましい。思い切って、先輩に質問してみる。

「先輩は、もしエースじゃなかったとしても、私に告白してくれましたか？」

「それは……」

意地悪な質問だったかもしれない。でも、聞いてみたかった。必要なこと。

互いに愛し合っているだけでは上手《うま》くいかない。若いときならまだしも、結婚を申し込んできた相手が無職だったとしたら、経済力がない相手と家庭を築くのは難しいと誰だってそう思うはずだ。だからこそ、本気で結婚を考えるなら、就職するなどしてアピールをするのが常道だ。相手を幸せにできる確信が必要で、自己の価値を高める必要がある。

先輩がもし、エースという価値を手に入れたからこそ、告白してくれたのだとしたら、そこには先輩の積み重ねた弛《たゆ》まぬ努力があったはずだ。だからといって、告白を受け入れられるわけではないが、短絡的に無下に切り捨てる非情な真似《まね》は申し訳ない。

「違うんだ神代さん！　決してエースの俺が声を掛ければイチコロだろうとか考えていたわけじゃなくて、チョロそうな女とか言ってたのは、三年のセカンドのクソ野郎――」

慌てて言い訳をする鈴木先輩に毒気を抜かれる。

「大丈夫ですよ、気にしてませんから！」

ユキに恥じないように、自分に誇りを持てるように。

「好きになってくれて、ありがとうございます。でも、ごめんなさい！」

鈴木先輩と向き合って、ちゃんと出した答え。ユキの教えてくれた優しさの一つ。

「困ったな……。もっと好きになったかもしれない。まるで和牛のグローブのように」

先輩の表情は晴れ晴れとして、何処《どこ》か嬉しそうだった。

「鈴木先輩って、すっごく個性的ですね！」

「マジで!?　初めて言われた」

「あははは」

私も、頑張るからね、ユキ！

第一章「対極」

The girls who traumatized me keep glancing at me, but alas, it's too late.

状態異常と言えば、鉄板なのが【毒】だとここに断言しておく。

麻痺《まひ》、火傷、暗闇、凍結など多種多様だが、代名詞と言えば毒で決まりだ。

しかし不思議なことに、何故《なぜ》か小説やゲームなどでは弱く設定されていたりする。

状態異常スキルは、言ってみれば外れ枠というわけだ。全てを蹂躙《じゅうりん》しそう。

だが、そもそも状態異常が弱いというのは根本的に誤った認識であると言える。

何故なら、実際にそんなことになったら、どれも致命傷になり得るからだ。

火傷は一生傷痕が残る可能性もあるし、仮に一時的にも暗闇＝失明状態になったら、相当危険だ。凍傷は登山における死亡事故の主な原因の一つに数えられるし、麻痺は金縛り程度ならともかく、神経や筋肉に異常をきたしている場合、症状が治らないこともある。

そこで毒だが、毒が弱いなど到底ありえない可笑《おか》しな話である。

蜂に刺されればアナフィラキシーショックを引き起こす可能性があるし、ハブに噛《か》まれれば血清が必要だ。蚊などが媒介する感染症も毒扱いで猛威を振るっている。

フグの調理には免許が必要だし、食中毒の事故も定期的に発生している。

うっかり間違えて毒キノコを食べたり、スイセンとニラを見間違えるなど、ある意味、人類は毒と戦ってきた歴史とも言えるかもしれない。古来より、毒見という役割が示す通り、権力者が恐れるのも毒殺だ。青酸カリをペロッなど、以《もっ》ての外《ほか》というわけだ。

そんな非常に強力な毒だが、その毒を冠するのだから、『毒親』が子供にとって如何《いか》に有害かあえて語る必要もないだろう。人格形成において毒親の悪影響は計り知れない。

親と子供という関係が変化しない不変の連なりである以上、毒親に苦しむのは幼少期だけではなく、成人後も続く。言わば、毒親とは外せない呪いの装備のようなものだ。

毒親に苦しめられ、人生を台無しにされた子供は、親を憎むようになる。

血の繋《つな》がりがあるが故に憎悪は、より色濃く、密度を増していく。

毒親の影響から脱するのは、余程の覚悟が必要となる。

それこそ――肉親を捨てる程の。

◇

妹との出会いは慟哭《どうこく》から始まった。溜《た》め込んできた感情を爆発させるように、ただ尽きることのない嗚咽《おえつ》を吐き出していく。俺にできることは黙って受け止めるだけ。

何分、何十分そうしていたかは分からない。声を掛けることもしなかった。

いつだって泣き顔ばかり見てきた。泣き顔コレクションがまた一つ増える。

そんな顔、見たくないのに、させたくないのに。いつだって俺の周りは泣き虫ばかり。

「あの、お義兄様《にいさま》、すみません。はしたない真似をしてしまって……」

どれほどそうしていただろうか。ようやく俺の胸から離れる。

妹が、俯《うつむ》きがちに小さな声で告げた最初の言葉は謝罪だった。

少しだけ落ち着いたとはいえ、涙が涸れることはないのか、今もまだ大きな瞳から涙が零《こぼ》れ落ちている。祇京《ききょう》ちゃんの身体《からだ》が濡《ぬ》れないように、そっと傘を傾けた。

触れれば壊れてしまいそうな、華奢《きゃしゃ》な身体が震えていた。

見上げれば、分厚い雲が空を覆っている。雨はまだしばらく止《や》みそうにない。

俺と祇京ちゃんは割と複雑な関係にある。おっさんの娘である祇京ちゃんは、所謂《いわゆる》、異母妹に当たる。腹違いの妹であり、他人と呼ぶには近く、兄妹と呼ぶには遠い。

まじまじと顔を見つめるが、あまり俺とは似ていない——と思う。

「そんなに見つめられると恥ずかしゅうございます」

両手を頬に当て、とてもいじらしい。その姿に思わず感動する。

「癒しか女ばい」

「も、申し訳ございません！　このような卑しい振る舞いをするつもりは——」

慌てたように、頭を下げる。それはまるで見捨てられた子犬のように必死な形相。

「いや、癒し」

「とてもややこしゅうございます。お義兄様」

祇京ちゃんが困惑している。それにしてもこれが「どすえ」精神か。癒し系だ。

出身地が影響しているのか、それとも教育の賜物《たまもの》か、そこはかとなく品がある。

控えめな言動や振る舞いは、日々、俺のメンタルを掘削してくる母さんや姉さんとは対極にある。一言で言うなら、まさに「お上品なお嬢さん」といったところだろう。

「ここまで迷わなかった？」

「…………はい。その、灯織《ひおり》さんに電話で案内して頂きましたので」

詳しいことはまだ何も分かっていない。俺は灯織ちゃんからのお願いを聞いただけ。

唯一、分かっているのは、放っておけば祇京ちゃんは潰れていたということ。

突如、おっさんが来襲してきたことからも、何かしら問題を抱えているのだろう。

おっさんは今になって、俺を連れて行こうとしていた。だとすれば、その理由は？

母さんから虐待を受けていた。それが事実なら正当性はある。だが、事実は違う。

祇京ちゃんやその母親である椿《つばき》さんが不幸になると言っていた。しかし、母さんならともかく、これまで顔を合わせたことすらなかった俺に解決できるとも思えない。

ならばいったい、おっさんは何を求めているのか？　これが俗にいうクソ親父《おやじ》か。

分からないことが多すぎる。それでも、行動する必要があった。それだけのこと。

「一人で新幹線に乗ったのは初めてです」

「俺も逃亡の手引きをしたのは初めてかな」

もっとも、自動車メーカーの元会長と違い、荷物の中に隠れてというわけではない。

祇京ちゃんから連絡を受け、新幹線のチケットと困らない程度の金銭を送っただけだ。

「なにもかも、お義兄様のおかげです。略して『おにおか』です」

「なんかどっかで聞いたことあるな……」

そう言えば、灯織ちゃんがよく「流石《さすが》だよお兄ちゃん！」とか言っていた。

よく分からないが、多分、流行《はや》らないと思う。

「ほんま、お義兄様は優しくて素敵なお人……」

噛みしめるように小さく、祇京ちゃんが呟《つぶや》いた。

うっとりしている祇京ちゃんだが、なにやら変な方向に勘違いされていそうな気がしてならない。灯織ちゃんと仲が良いそうだが、いったい、何を吹き込んだのやら……。

「そういえば、あんまり方言が出ないけど、意識しているの？」

「なるべく気を付けております。――その、祇京は……いえ、私は出来損ないですから」

表情に暗い翳《かげ》が差す。再び溢《あふ》れそうになる涙を必死に堪《こら》えていた。

「……頑張ったんです。努力して努力して、それでもどうにもならなくて……。私はお義兄様と違って無能だから。――母の期待に応えることすらできない欠陥品」

口から出る言葉はあまりにも痛々しく、惨めだ。

「ここから逃げたいと、いつも窓から外を眺めていました。そんな自分すら嫌いになって、どうしていいか分からなくて、ずっと――誰かに助けて欲しかった」

潤んだ瞳には、いったいどんな世界が見えているのだろうか？

「私じゃダメなんです！　ただ苦しみから逃れたいと、両親を恨み、逃げ出すことしか考えられない私には、誰かを救うなんてできなくて、変えるなんてできなくて――」

悲痛な叫び。理不尽に抗《あらが》うには力が必要だ。そして、なによりも折れない心が。

「おっさんは？」

「父が何より大切にしているのはお母様ですから……。私では代わりになれません」

悲しそうに笑う。祇京ちゃんの心は疲れ切っている。

ストレスや心労は精神を蝕《むしば》み、思考力を、やる気を奪う。そうして無気力になってしまうと、行動を起こすことがどんどん億劫《おっくう》になり内向的になっていく。祇京ちゃんがこうして逃げ出すことを選べたのは、ギリギリのタイミングだったのかもしれない。

この小さな身体にどれだけの悲しみを背負ってきたのだろうか。

多分、これからそれを知ることになるのだろう。

だから、俺も言葉を返した。それがこの俺、九重《ここのえ》雪兎《ゆきと》だから。

「俺は誰かに助けて欲しいと思ったことなんて一度もないけどね」

それは、決して相容《あいい》れない兄妹の邂逅《かいこう》だった。


「まずは九重家のヒエラルキーを教えよう」

「は、はい。よろしくお願いします！」

キリッと祇京ちゃんが気合を入れて姿勢を正す。

マンションのエントランスを歩きながらルールを説明する。

郷に入っては郷に従えという格言通り、不要なトラブルを避ける為《ため》に必要なことだ。群れを作る動物にとって、ヒエラルキーは重要だ。自然界の掟《おきて》でもある。

猿やライオンの群れにはボスがいるし、犬が人間に懐くのは、飼い主を親であり群れのリーダーであると認識するからだ。縦社会とはかくも厳しい。人間界も然《しか》りだ。

たとえば、そう。爽やかイケメンのような人物がヒエラルキー上位者と言えるだろう。

顔面フォトンやエリザベスは新しいB組のリーダーズである。

「養われている立場なので当たり前だが、母さんに絶対服従、姉さんには面従腹背だ」

「面従腹背ですか……？」

祇京ちゃんが目を丸くしてキョトンとしている。

「だって、迂闊《うかつ》に返事すると悲惨な目に遭うし。昨日もトイレで待ち伏せされたし」

俺はラッキースケベを許さない男、九重雪兎だが、万が一にも偶発的なエンカウントを避ける為、お風呂に入るときやトイレに入るときは、必ずノックをするなど細心の注意を払っている。しかし、悠璃《ゆうり》さんはいともたやすくえげつない行為に及ぶ。

わざわざノックという確認作業をしているにもかかわらず、あえて返事をせずに中で待ち構えているなど、鬼畜の所業も甚だしい。連れションが許されるのは同性だけだ。

母さんはそんな俺達《たち》に呆《あき》れているのだが、たまに母さんもウッカリ（母さん談）なので、予断は許さない。事程左様に、九重家ではいつ何時危機に遭遇するか分からない。

このような事例を俺は『アン♡ラッキースケベ』と呼んでいる。

「因《ち》み《な》に俺のヒエラルキーは当然、最下層だ。ペット枠だな」

「えっと、お義兄様がペット枠なら、私はいったいどのような扱いを……」

ガクガクと祇京ちゃんが恐怖で震えていた。今にも卒倒しそうだ。

「そこはほら、ゲストだから安心していいんじゃないか？」

何を思ったのか祇京ちゃんが気合を入れ直し、決意を新たにする。

「で、でしたら、祇京がお義兄様のペットになります！　可愛《かわい》がっておくれやす」

「俺の周囲って、どうして変な人が集まるの？」

誰か教えてください。俺はこんなに普通の正統派真人間なのに。

全く参考にならない話し合いをしているうちに玄関に辿《たど》り着く。

祇京ちゃんの身体が震えているのが分かる。俺もそうだが、母さんや姉さんだって初対面だ。事情が事情とはいえ、厄介事を持ち込んできただけに、困惑を隠せない。

「そんなに不安にならなくてもいいよ。母さんも姉さんも器がでかいし胸もでかい。あれほど優しい人達は見たことがないってくらい優しいから。雪華《せつか》さんもだけど」

どれくらい優しいかと言えば、悠璃さんが学校にお弁当を持っていくのを忘れて、俺が教室まで届けると「ありがとう」とお礼を言ってくれるくらい優しい。舌打ちされて「さっさとよこせよクズが」と言われないだけでも、無上の優しさが伝わるというものだ。

そういうとき、俺はいつもお姉ちゃんの優しさに感動するのだった。

見たところ、祇京ちゃんは素直な良い子だ。問題児レベルは俺と比べ物にならない。

俺を見捨てない家族が邪険にするとも思えなかった。母さんなんて聖母だしな。

納得半分といった様子で祇京ちゃんがペタペタ胸元を触っていた。

「せ、成長期なので！」

「あ、そう」

この子、意外と元気そうじゃない？


「貴女《あなた》が祇京ちゃんね。――母親似なのかしら？　あまり面影はないわね」

「アンタはもう。……今度は野良妹を拾ってきたわけ？　そんなに妹が欲しいなら、どうして私に言わないの。はぁ。仕方ないわね。私が妹になってあげる」

「遠慮します」

リビングでは母さんと姉さんが待っていた。……よかった。今日は普通の私服だ。

え、普通じゃないときがあるのかって？　ハハッ
何故《なぜ》かツインテールにしている妹悠璃さんはさておき、傍目《はため》にも祇京ちゃんの緊張が伝わってくる。心配させないようにと優しく振る舞う母さんとは反対に姉さんは剣呑《けんのん》だ。

「私がこの子達の母親の桜花《おうか》です。貴女のことは聞いているわ。と言っても、最低限のことしか知らないの。いったい、なにがあったのか、どういう経緯でこうなったのか」

困ったように、母さんが一枚の紙を取り出す。

「今日ね、これが届いたの。あの男――貴方《あなた》の父親である人が送ってきた。まさか本当に

送ってくるなんてね。こういう言い方は貴女に悪いけど、腹立たしく思ってる」

内容証明郵便。一般的には、何らかの措置を行う前段階として利用されることが多い。内容は、親権者変更調停の申し立て。つまり俺を凍恋《とうれん》家で引き取るというもの。

おっさん、まさか本気だったのか……。

「そんな……！　も、申し訳ございません。父がご迷惑をおかけしてしまい――」

祇京ちゃんは何も知らされていなかったのか、顔面蒼白《がんめんそうはく》になっている。

おっさんはともかく、祇京ちゃんには何か恨みがあるわけでもない。親のしでかした不始末を謝罪する子供というのは、見ていてなんとも気分の悪いものだった。

「俺、母さんに虐待なんてされてないけど」

「アンタがされてるのは接待だもんね」

「どの口が言ってんだコラ！　なにコラたこコラ」

謂《いわ》れのない醜聞に断じてノーを叩《たた》きつける。

「は？　そんなにいやらしい性待《せいったい》されたいわけ？」

「はい」

社会人になったら、接待とか一度は体験してみたい。交際費として会社のお金で飲みに行ったり、接待ゴルフで取引先の相手がミスショットしても、「ナイスショット」とか、思ってもいない戯言《たわごと》をほざいて、ワイワイ楽しく関係を深めたいものだ。

最近では会社の飲み会なども嫌う若者が増えたらしい。だが、そういう付き合いで仲を深めるのも、あってもいいと俺は思う。そこで上司と親しくなっておけば、仕事は勿論《もちろん》、ときにはプライベートの相談にだって乗ってもらえたりするはずだ。

俺なんて見ず知らずの相手からしょっちゅう相談されるのに。どうなってんだよ！

「分かった。じゃあ、脱がすわね」

「しまった、流れ作業的に返事をしたばっかりに!?」

待ち受ける巧妙な罠《わな》！　舌なめずりしながら、近づいて来るの止《や》めてよね!?

「でも、これって無意味だよね」

離婚時に決まった親権が変更になることはある。経済的な理由や、それこそ虐待・DVといった行為などが明るみに出たときなどに行われるが、母さんにそんな瑕疵《かし》はないし、大前提として、親権というのは子供が中学生くらいになると、その意見が反映される。

つまり高校生で十六歳の俺は、親を自分で選べる立場にあるということだ。

母さんは俺にいて欲しいと言ってくれた。いらないと言われれば、いつでも去るつもりだが、それでも俺をここまで育ててくれたのは母さんだ。おっさんじゃない。

俺がその選択をするはずがないということは、おっさんも理解しているはずだ。

にもかかわらず、このような内容証明郵便を送ってきた。これは負け戦だ。

あまりに馬鹿げた手段。それどころか俺はともかく、母さんの怒りを買う愚行。

「――おっさんは、切羽詰まってる？」

強硬手段に出なければならない程に。だが、強硬手段なら俺の方が上手だったようだ。

この場に祇京《ききょう》ちゃんがいることが、何よりもそれを物語っている。

「この子をあの人に渡すつもりはないの。もし、私から奪おうとするなら、私は徹底的に戦う。この子を絶対に守るわ。でも、どうしていきなりそんなことを言い出したのか分からない。分からないまま、貴女が来ることになった。いったい、何が起こっているの？」

母さんの言葉に、祇京ちゃんはその場に跪《ひざまず》くと、土下座し頭を下げる。

「どうか、どうか、お母様をお救いください――」

祇京ちゃんの瞳からは、再び絶え間なく涙が零《こぼ》れだしていた。

◆

「誘拐、誘拐だと!? どういうことだこれは！」

凍恋秀《しゅうぎ》偽は、苛立《いらだ》ちと共に机を叩いた。妻の椿《つばき》は眩暈《めまい》で倒れ、安静にしている。

落ち着かないまま、自宅のリビングをウロウロと歩き回る。

警察沙汰にならなかったことだけは幸いだった。祇京が部屋に残した手紙を見なければ、いや、手紙を見たからこそ誘拐だと認識したが、これほど肝を冷やしたことはない。

「どうして桜花の家に――」

すぐさま警察に通報しようとした秀偽を押し留《とど》めたのは、誘拐された張本人である、娘からの連絡だった。無事を知らせるように送られてきた一枚の画像。

最近のＪＫの間で流行《はや》っているポーズなどという悪ふざけの極みとも言える件名と共に送られてきた娘の写真には、つい先日、会ったばかりの息子も写っていた。

どうやって連絡したのか、どうやって連れ出したのか、何一つ分からない。

居場所が分かったことに安堵《あんど》すると同時に、次々と疑問が湧いてくる。

娘に前妻との繋《つな》がりなど一切ないはずだった。

――桜花がそれを受け入れる理由も。

「……祇京、お前はそこまで私達が嫌いだったのか？」

秀偽は娘から送られてきた画像にショックを受けていた。息子と妙に馴《な》れ馴《な》れしくしているからではない。浮かべた微笑《ほほえ》み。その表情は、家では見たことがなかった。

いつも自信なさげに俯《うつむ》き、椿に怯《おび》え、憔悴《しょうすい》しきっていた。

そのことに、内心、秀偽は安堵していたのだ。まだ娘は家族のことを想《おも》っていると。

失望し、娘の瞳が感情を映さなくなったときこそ、真の破綻が訪れる。僅かな猶予。

それが分かっていても、秀偽にはどうすることもできずにいた。

だからこそ、息子――雪兎が必要だった。自らの罪を贖《あがな》う為に。

家族を再構築する可能性。それを秘めているのは息子だけだ。

今更、父親失格などと思うようなプライドはない。どれほど批判されようと、どれほど恥辱にまみれようと、それが秀偽のしたことの責任だった。否定も反論もない。

そうまでして守りたかったものが、守れなかった。それがこの結果だ。

「……もう一度、雪兎《ゆきと》に会わなければ」

既に内容証明郵便は届いているはずだ。困難な状況。目論見《もくろみ》は外れてしまった。

秀偽が調べた限りでは、家族仲は上手くいっていないはずだった。ギクシャクした家庭環境。これまで随分と酷《ひど》い目に遭っていたらしい。息子は不満を抱いているはず。

引き取ることに椿も賛成していた。むしろ、そう強く望んでいたのは椿だ。

交渉の余地があるかもしれないと淡い希望を抱いた。一刻も早く打開する為に。

何より、これまで何もしてやれてなかった息子の力になれるのなら、本望でもある。

だからこそ、親権者変更調停という揺さぶりをかけたのだ。

「お前が望む幸せはそこにあるのか？」

息子だけじゃない。娘の祇京ですらも、今や秀偽の手から去ろうとしている。

あの様子では桜花は秀偽のことを許さないだろう。あれほど怒りに満ちた姿を見たのは初めてだった。鬼気迫る態度に恐怖すら感じた。桜花は息子を何よりも愛している。

そして息子も、母親に対して何ら不満を抱いていなかった。むしろ敬意を払っている。

金銭面で問題があるわけでもない。家族仲に不和があったりもしない。

無理だ。得られた結論は、たったそれだけだった。秀偽の思惑は全て無駄に終わった。

打つ手がなかった。ただ一つの願い。それすらも果たせないまま、無力さに項垂《うなだ》れる。

ならば、何の為《ため》に、自分は全てを捨てたのか。

最期、この手に残るものは何なのか？

「秀偽さん、あの子は……」

「椿!?　体調はもういいのか？」

フラフラと顔を見せた椿に慌てて駆け寄る。未《いま》だ顔色は優れない。

コップに注いだ水を手渡す。仕方ない。娘が誘拐されたのだ。そのショックは計り知れない。無事だと分かったからといって、すぐに心の整理がつくようなものでもなかった。

「大丈夫だ。俺がどうにかする。祇京は取り戻す。俺が必ず君を守るから――」

その言葉に、椿は安心したような、それでいて何処《どこ》か傷ついたような複雑な表情を浮かべた。割り切れない想い。秀偽の言葉を信用したいと思っても、そうできない。

吐き出した言葉の軽薄さに嫌気が差す。顔を顰《しか》めそうになるのをグッと堪《こら》えた。

「何もかも負けて、奪われて、どうしてこんな惨めな思いをしなくちゃならないの……」

心痛の椿を支える。たった一人、幸せにしようとした妻すら不幸にしている。

全てを捨てて、それだけの為に生きてきた。なのに、何一つ達成できない。

それがこの男、凍恋秀偽だった。

◆

「美味《おい》しいです、お義兄様《にいさま》！」

祇京ちゃんが顔を綻ばせる。よしよし、お肉を沢山食べて大きくなるんだよ？

「私の料理の腕もかなり上がったみたいね」

「これ、すき焼きですけど」

今日の九重《ここのえ》家の食卓はすき焼きだ。いつもより人が増えて賑《にぎ》やかな夕食。

自慢げな悠璃《ゆうり》さんには悪いが、すき焼きの何処に料理の腕が反映されたのだろうか？

悠璃さんがやったのは食材を鍋に入れただけだ。具材を切ってすらいない。包丁は危ないからな。危険な作業は俺が担当するのが一番いい。なにせ、悠璃さんは不器用なのだ。

「チッ。しゃぶしゃぶならもっと力を発揮できたのに」

悠璃さんが吐き捨てる。しゃぶしゃぶに謎の拘《こだわ》りをみせていた。

「いやだ……しゃぶしゃぶ怖い……肉……人肉……人肉ハンバーグ……」

「どうしたの雪兎？　何かしゃぶしゃぶに嫌な思い出でもあるの？」

ガクブルしている俺に母さんが不思議そうに聞いてくる。

当初、夏だし、サッパリ食べられるしゃぶしゃぶにしようという案が出たが、断固拒否した。だって、しゃぶしゃぶなんてしたら、何が起こるか予想がつかないこともない。

「嫌な思い出というか甘い思い出というか……」

「甘い？　そうだ。プリン買ってあるの！　限定品で、たまたま残っていたの」

母さんの齎《もたら》した福音に記憶がフラッシュバックする。

「プリン!?　プリン怖い……プルン……カラメル甘い。だからそれはプリンじゃ――」

「アンタ、もしかして何か隠し事してない？」

「ハッ!?　人肉プリンなんて俺は知らな――」

「ふーん。人肉プリンね。で、美味しかったの？」

「それはもう」

　言うまでもない。

「ひっ捕らえなさい！」

「おのれ紂王《ちゆうおう》！」

　やたら勘の鋭い悠璃さんに問い詰められる。危うくカラメル面に落ちかけた。

　アレは夢だ。夢の国に迷い込んでしまっただけだ。氷見山《ひみやま》さんと三条寺《さんじようじ》先生の二人と、何かとてつもなくヤバい約束をしてしまった気がするが、多分、夢だ。

　俺の人生史上、最大のピンチが二年後に迫ってくることが確定しているのも夢に違いない。夢って便利だね！　三条寺先生の婚活が上手《うま》くいくことを願うばかりである。

「ところで、この子何処で寝るの？」

　プリンの件を執拗《しつよう》に追及され洗いざらい吐かされた後、悠璃さんが思い出したように話を変えた。後で耳元で囁《ささや》かれるＡＳＭＲ二時間お説教コースだ。お金払います。

「わ、私は何処でも構いません。ペットのようなものですし、ベランダでも平気です！」

「ベランダって、寝冷えするわよ？　ほら、お手」

「そういう問題か？」

悠璃さんが頓珍漢なことを言っているが、ベランダとか、それこそ虐待で通報だ。祇京ちゃんも律儀にお手をしている。何故《なぜ》してしまうのか。

「俺の部屋でいいんじゃない？」

マンションということもあり、生憎《あいにく》と客間はなかった。たまに雪華《せっか》さんが泊まりに来るが、そのときは強引に俺の部屋で寝泊まりしている。いつものことだ。（大号泣）

「お義兄様!?　ど、同衾《どうきん》はまだ早すぎるかと……」

同衾？　いや、俺はリビングのソファーで寝るつもりで――。

「仕方ないわね。アンタは今日、私の部屋で寝なさい。この子の部屋使っていいわよ」

「あら、悠璃。雪兎は私の部屋の方がいいと思うわ」

「はぁ？　何言ってるわけ？　弟がそんなマザコンなわけないでしょ？」

「まったく、何を言ってるの。親子でしょ。そんなマザコンだなんて大袈裟《おおげさ》なこと――」

母さんが呆《あき》れている。すかさず口を挟む。

「マザコンだけど」

なんたって、俺は母さんを大切に思ってる。なんら恥じる必要はない。

「……貴方《あなた》の気持ちは分かったわ。後で私とプリン食べましょうね」

母さんがそれはそれは嬉《うれ》しそうにしていた。向日葵《ひまわり》のような笑顔が眩《まぶ》しい。

「同時にシスコンでもある」

当然、姉さんのことも大切に思ってる。姉さんも嬉しそうにしていた。

「アンタの気持ちは分かったわ。後でお姉ちゃんとプリン食べようね」

家族は大切にすべきだ。そして俺も家族から大切にされてきたと知ってしまった。

嫌われていると思っていた。いつ追い出されてもいいと割り切っていた。

そうじゃないと知り、注がれている愛情を理解したなら、その献身を受けるに値する存在になることが、俺がすべきこと。無償の愛には有償で返すべきだ。

自慢の母さんで自慢の姉さん。俺に誇れるものがあるなら、家族しかない。

密《ひそ》かに決意していると、祇京ちゃんが真剣な表情で口を開いた。

「――お義兄様はシスコン。でしたら、その中に私は入るのでしょうか？」

「入りません」

結局、食後に『着物の帯回し選手権』で勝負して決めることになった。あーれー。


「……家族の団欒《だんらん》、か」

チャプンと音を立てて、湯船に身体《からだ》を沈める。ドッと押し寄せてくる疲労感。沈殿していた淀《よど》みが一気に洗い流されていくような感覚に猛烈な眠気が襲ってくる。

「優しくて綺麗《きれい》なお義母様《かあさま》」

その美貌に目を奪われた。お義姉様《ねえさま》も信じられないくらい美人で見惚《みと》れてしまった。

でも、何よりも私にとって堪《こた》えたのは、お義兄様が家族からとても愛されているということ。お義兄様を見る視線は温かく、愛情に溢《あふ》れている。それがただ羨ましくて。

冷淡な母との違いに気分は沈んでいく。私もあんな風に愛されたなら……。

お義兄様の家は、存外に居心地の良い空間だった。自然とそうはならない。それぞれが思《おも》い遣《や》りに満ち溢れているからこそ、生まれた空気がそこにあった。

殺伐とした自分の家との違いにまた涙が零《こぼ》れた。ここに来てから泣いてばかりいる。

湯船に浮かぶアヒルの人形を指先でつつく。

「アヒルさんはどう思います？」

アヒルはただ私を見つめるだけで答えない。答えなどないのかもしれない。

「今頃、心配しているでしょうか……」

大それたことをしてしまったと、今更になって後悔が押し寄せる。

家出など縁遠い行為だと思っていたのに。すっかり非行少女だ。

両親に対する初めての反抗。お義兄様から置いておくように指示された手紙の中身も知らない。もしかしたら、慌てふためくような事態になっているかもしれない。

「いえ、ありませんね。お母様は私に興味なんて……」

そんな想像を自分で否定する。お母様が欲しかったのはお義兄様。私じゃない。

出来損ないで、役立たずの私にはお義兄様の代わりは務まらない。

むしろ、いなくなって清々している可能性だってある。

あの家に私の居場所はなかった。家族なんて――なかった。

なら、私の居場所は何処にあるんだろう？

「これ、着替え。私のお古だけど、もう着ないから」

「ありがとうございます」

お風呂から出ると、悠璃お義姉様が寝間着を用意してくれていた。ノーメイクなのに、これほど美しい人がいることが信じられない。容姿端麗とはお義姉様の為にある言葉だ。

「ねぇ、アンタ」

硬質的な声。思わず警戒してしまう。歓迎されないことは分かっていた。この家の住人からすれば、私は厄介事を持ち込んできた部外者だ。それも忌々しい相手の娘。敵視するに十分値する。私は赤の他人より信用ならない相手かもしれない。

「はい」

厳しい言葉には慣れている。お母様から、いつも言われてきた。しょうがない。悪いのは私だ。母の期待にすら応えられない私は、誰の期待にも応えられない。

「――あの子はね、とても優しいの」

その言葉に込められた感情の重さに息を呑《の》む。何も知らない私が、迂闊《うかつ》に同意することなど決して許されない確たる響きがあった。極度の緊張。言葉が出ない。

「私はアンタが嫌い。どうしてか分かる？」

「…………いえ」

鋭利な言葉が突き刺さる。面と向かって嫌いだと言われたのは初めてかもしれない。ショックはない。直截《ちょくせつ》な言葉は、思ったよりも素直に受け入れることができた。

人は本心を隠す生き物だ。表と裏、本音と建て前を使い分けて生きている。仲の良い友達が、自分のいない所で悪口を言っていたとしても、それは仕方ない。

人はそういうものだ。卑怯《ひきょう》で姑息《こそく》で身勝手で。決して信用ならない。

本心を隠して卑怯に振る舞うなら、誰も傷つかない。なのに、お義姉様は――。

「でもこれはただの先入観かもしれない。だから聞きたいの。アンタは戦ったの？」

「戦う？」

お義姉様の言葉は、私には難解で到底理解の及ばないものだった。

いったい誰と戦うというのだろう。お母様？　それともお父様？　それとも敵？

「あの子は優しいから、助けを求めれば応えてくれる。アンタが抱える問題も、あの子ならどうにかするでしょう。難しいことじゃない。アンタがあの子を頼ったのは正解よ」

正解だと言われて、喜べるような雰囲気じゃない。

「私は……」

「辛《つら》かったと思う。苦しかったと思う。アンタはアンタなりにずっと悲しい思いをしてきたんだと思う。逃げ出して、助けを求めることも間違ってない。間違ってないけど！」

お義姉様は自分を落ち着かせるように、大きく息を吐いた。

「アンタ自身が理不尽と戦わなくちゃ、先へは進めない」

バスタオルを頭にかけられ、ゴシゴシと拭かれる。懐かしい気持ちが蘇《よみがえ》る。

昔は、お母様と一緒にお風呂に入った後、こうして拭いてもらっていたっけ。

人からしてもらうだけで、こんなにも安心感を抱く。

「理不尽と戦う……」

昔、言われた言葉。理不尽に負けずに強くなれと。なのに、私はずっと弱いままで。

「あの子の優しさに甘えて、一方的に享受するだけの存在を私は許さない」

「はい」

強制力を持った言葉に、頷《うなず》くことしかできない。

できる限りの努力はしてきた。それでも認めてもらえなかった。

そのことが悲しくて耐え切れずに、いつしか全てを諦めて、希望に縋《すが》った。

でもそれは、理不尽を受け入れてきただけなのかもしれない。

どうにもならないと、私にはどうすることもできないと。

「あの！　私にも戦うことができるでしょうか？」

私のことが、お義姉様に答えられるはずがない。それでも聞かずにはいられなかった。

「あの子の近くで、あの子と、その周りに目を向けてみなさい」

私の全身を拭き終わると、お義姉様が脱衣所から出ていく。

「じゃあ、おやすみなさい。早く寝るのよポチ」

ペット扱いされていた。不思議と、嫌な気持ちにはならない自分がいた。

「お義兄様《にいさま》の周り？」

お義兄様は分かる。あれだけの騒動を引き起こす。行動力も段違いだ。

けれど、その周りにも、何か大切なヒントが隠されているのだろうか？

そこに、お義兄様以外の誰がいるのか、私は知らない。

「おやすみなさい」

——今はただ、何も考えずに眠りたかった。


チロチロ赤い舌が見え隠れする。妙な背徳感にドキドキです。

母さんがチューブ状のスティックを舐《な》めている。

ちょうど釈迦堂《しやかどう》に見せてもらったカナヘビがペロペロと水を飲む姿に似ていた。

ジッと見ているのに気づいた母さんが、頬を赤く染める。

「どうしたの？　やだ、そんなに見つめないで。なんだか恥ずかしいから。でも、これ、美味《おい》しいわね。とても好みの味だわ。それに健康にもいいなんて」

「アミノ酸は勿論《もちろん》のこと、ローヤルゼリーにビタミンB群、十種の薬効成分配合だよ」

「はぁ。いつもながら本格的すぎて、料理の腕は貴方に到底及ばないわね」

「俺がしたいだけだから。母さんにはいつまでも元気でいて欲しい」

「雪兎《ゆきと》……」

ネグリジェ姿の母さんに抱きしめられる。シャンプーのいい匂いがした。

白熱した『着物の帯回し選手権』だが、見事優勝したのは母さんだ。俺が帯を回すのかと思いきや、回される方という過酷な種目だ。流石《さすが》の俺も三半規管まで鍛えていなかったので、会長のようにお目目グルグルだった。今後に備えて回転の練習しておきます。

勝者が決定したこともあり本日は母さんの部屋で就寝だが、それはそうと、現在ベッドに座り母さんが舐めているのが、俺が開発した健康栄養食品【母ちゅ～る】である。

元々は最近何かとキス魔と化している姉さんをどうにかしようと、【姉ちゅ～る】を開発したのだが、折角なので母さんの分も作ることにした。母さんも結構キス魔だよね。

姉さんがチューとか言い出したときに、サッと差し出すと身代わりになってくれる。効果覿面《てきめん》だった。当然、それぞれの好みに合わせて味は微調整してあるんだよ？

母さんは大病を患いかけた。それ以降、俺は薬膳を学んでいたのだが、食事だけでは補いきれない不足しがちな栄養素を手軽に補給するというコンセプトに最適な食品だ。

現在、第二弾、第三弾も構想中だが、まずは【叔母ちゅ～る】の開発が喫緊の課題だ。

頼むから、妹はそうなってくれるなよ！

「祇京《ききょう》ちゃんのこと、どうするの？」

母さんが小さく嘆息して、首を傾《かし》げる。元はと言えば、俺が仕組んだこと。母さんに迷惑を掛けるつもりはないが、母さんは大人だ。無用な責任を背負わせてしまったことに、申し訳なさがある。できれば、早急に問題を解決して、騒動の幕引きを図りたい。

「貴方《あなた》にとっては妹だけど、ごめんなさい。私はそこまで寛容にはなれない、かな。貴方と悠璃《ゆうり》は私の大切な子供だけど、あの子は違うもの。……幾らあの男の子供でもね」

冷徹なようだが、その判断は至極真っ当なものだ。母さんからしてみれば、赤の他人にすぎないし、助ける道理もない。血の繋《つな》がった家族とそれ以外。厳然たる区別が存在する。

ユラユラと母さんの瞳の奥に見え隠れする不安な揺らぎ。それはおっさんに対してじゃない。母さんはおっさんと対峙《たいじ》することを厭《いと》わない。おっさんと会ったときに見せた、凍《い》てつくような殺意は本物だ。干渉してくるなら容赦なく叩《たた》き潰そうと動くだろう。

母さんが不安に思う要素があるとするなら、それは俺だ。

「苦しいときには顔なんて見せなかったクセに、今更あのクズ――」

「大丈夫だよ母さん。不快な感情は健康によくないからさ。ほら、これ舐めて」

「うん、舐めゆ」チュパチュパ

おっさんに対する母さんの怒りが再燃しそうだったので、慌てて【母ちゅ～る】を差し出す。ペロペロと母さんが舐める。ほう、こういう使い方もあるのか（感心）

「もっと悲惨な状況を想定していたけど、思ったより単純な構図な気がする」

「そうなのかしら？　私にはどうしたらいいのかなんて、何一つ分からないわ」

母さんが肩をすくめる。整理するなら、これは母娘の衝突だ。それも双方が憎しみ合っているわけでもない。子供に依存する母親と、その重圧に耐え切れなくなった娘。

「偉そうに黒幕面して出てきた割には、おっさんは右往左往してるだけな気がする」

身も蓋もない言い分に母さんが苦笑する。ただ、状況を著しく悪化させたのは、おっさんのついた嘘《うそ》が原因だ。おっさんは選ぶ必要があった。嘘を最後まで貫き通すか、それとも真実にするか。どっちつかずの狭間《はざま》で、恐らくは椿《つばき》さんも苦しんだのだろう。

「黒幕だなんて、あの男にそんな甲斐性《かいしょう》なんてないもの」

「アレかな。パニック映画で、金儲《かねもう》けの為《ため》に余計なことをして被害を拡散させるタイプ」

「それ、中盤でお亡くなりになるんじゃない？」

クスクスと母さんが笑う。ここ最近はおっさんのことで気が立っていた。母さんがピリピリ電気属性だと俺も気が滅入《めい》る。昔は気にならなかったのに、不思議なものだ。

「あの男、結局貴方に解決を丸投げしようとしただけだったのね。情けない」

「気にしたって、しょうがないよ」

勘違いを正すことができれば、上手《うま》くことが収束するかもしれない。

ある程度の荒療治は必要かもしれないが、その道筋も見え始めていた。

「だから教えて欲しいんだ。おっさんの父親、俺の祖父のこと」

俺は不幸でも可哀想《かわいそう》でもない。ただ運が絶望的に悪いだけ。

憐《あわ》れまれる筋合いなどない。同情も施しも必要ない。

今この瞬間が、幸せなのだと断言できる。

――そこに、おっさんがいなかったとしても。

何

「そういえば、独立準備は進んでるの？」

「んー、ちょっと想定外のことが起こってしまって」

「困ったこと？」

　思いがけない返答に、疑問符を浮かべる。何気なく進捗を聞いてみただけなのだが、何やらトラブルが発生しているようだ。独立ともなれば準備もそりゃあ大変だよね。

「貴方が推薦してくれた子、いるでしょう？」

「インターンの話？　ごめん、難しかったかな？」

　澪《みお》さんのことだ。昨今の人手不足はあらゆる業種に波及している。

　母さんが勤めている会社も言わずと知れたその一つだ。それもあって、澪さんのインターンの話を持ち掛けてみたのだが、やはり少し強引だったかもしれない。

　澪さんには菓子折り持って後日謝罪に向かおう。ぬか喜びさせてしまった。

「そうじゃないの。むしろ有難い話ではあるんだけど、私は独立するから、後任として育成している柊《ひいらぎ》に担当を任せようとしたの。でも彼女、寿退社するって言いだして」

「へー。そうなんだ！　後でおめでとうございますってメールしておかなきゃ」

　柊さんというのは母さんの部下だ。俺も一度会ったことがある。

「待って。貴方、どうして柊の連絡先を知っているの？」

「あ、そうだこれ開発中の新味なんだよ！　舐めてみて」

咄嗟《とっさ》に陰で準備していた【母ちゅ〜る・紫芋フレーバー】を母さんの口に突っ込む。

「分かった。舐めゆ」チュパチュパ
ふぅ、よかった。なんとか窮地は脱したようだ。

「そっか、柊さん。会社辞めちゃうんだね」

近年は福利厚生が充実した会社も増えている。育休だって理解が進んでいる。

しかし、寿退社するからには、専業主婦になることを想定しているのかもしれない。

「それがね、退職した後は私と一緒に働きたいんだって」

「あー」

ありゃ、それは確かに困った事態かもしれない。というのも、独立時に職場の同僚や部下を引き抜くといった行為は、一般的にはあまり褒められたことではない。

会社は社員を雇うのに多大なコストをかけている。育成し戦力になるまで育て上げた社員を簡単に引き抜かれたのでは堪《たま》ったものではないだろう。一方で法律により「職業選択の自由」も保障されている。その観点から考えれば転職を咎《とが》められる謂《いわ》れもないわけで。

「じゃあ、しばらく新婚生活を送ってから復帰するってこと？」

「そんなところかしらね。……困った子だわ」

そう言いながらも、何処《どこ》か嬉《うれ》しそうな母さん。それだけ母さんが慕われている証拠だ。

在職時ではなく、退職後ならば引き抜きには該当しないし、一定期間を置くことで、「競業避止義務」も避けられる。母さんだってすぐに行動を起こすわけじゃない。柊さんが復帰するまで十分な時間があるはずだ。となると、澪さんは柊さんには任せられない。

「それでね、柊が言うには、その子も誘ったらどうかって」

「えぇ!?」

思わず、俺も舐めていた【雪兎ちゅ～る】をポトリと落としてしまう。

「安心して。軽く提案してみるだけよ。ちゃんと就職できるように取り計るから」

「なんだか俺の知らない間に壮大な計画が動き出している……」

動揺を隠すように、【雪兎ちゅ～る・ゴールデンアップル】を舐める。美味《うま》いなこれ。

母さんは優秀だ。澪さんがどんな選択をしても、上手く収めてくれるはず。

「私にも貴方のような賢い選択ができたらいいのに」

そっと俺の肩にもたれかかる。母さんのか細い指が、俺の指と絡まる。

「私が責任を持てるのは家族だけ。――雪兎と悠璃の二人で精一杯。それが私の限界。でも、貴方は違う。ちっぽけな私とも、不幸を振りまくことしかできないあの男とも」

「同じだよ」

悲しみと泣き顔、そればかり見てきた。ずっと、それが普通だった。

笑顔の美しさと尊さを知ったのは、価値を知ったのは、ようやく最近になってから。

いつだって俺は悲しくなんてなかった。でも、周囲はその間、泣いていたんだ。

「違うわ。だって、私は今こんなにも幸せだもの」

母さんの指先にキュッと力が入る。伝わる体温。

俺はおっさんと同じだ。誰かを悲しませるだけの他者と関わるべきではない人間。

「とても強い子に育ってくれて、ありがとう」

人は一人で生きていける。他者を必要とせず、必要とされず、孤独なままで。

誰もが、それを目指すべきだ。あらゆる干渉を撥ね除《の》け、自らの意思で。

でもそんなのは、寂しいって思うんだ。楽しくないって。

最強のメンタルなんてつまらないものは――誰も幸せにしない。

「なんとかするよ。――妹が笑えるように」

「ん」

パサリと音がして、二人のシルエットが静かに重なる。

のしかかる責任の重さが、心地よかった。


深夜、トイレに行こうと母さんの寝室を出ると、自室から明かりが漏れていた。

コンコンとノックをして、声を掛ける。俺はマナーを重視する。

「これから寝起きドッキリで私物とか荒らします」

「申し訳ありません！　すぐに就寝致します！」

慌てたように、小さな声がする。ドアを開け、中に入る。

「もしかして、ベッドが大きすぎると眠れないタイプだったりする？」

「お義兄様《にいさま》？　あの、それは枕なのでは……」

一人で寝るには不相応なベッドの上で、妹が困惑している。さもありなん。俺も自分の部屋だと言うのに、未《いま》だに落ち着かない。なんでこんなにデカいんだよこのベッド！

「まるで非現実的な世界にいるような、不思議な気分です。失礼かもしれませんが、お義兄様の部屋にしては、随分と女性的なんですね。それに、あのポスターはいったい……」

「あぁ、これ？　A1ビッグサイズ母さんポスターと姉さんポスター（混浴編）」

妹が指を差した壁の一面には巨大なポスターが貼られている。

「このポスター、とんでもない秘密が隠されていてね」

俺の部屋だというのに、当たり前のように置かれているヘアドライヤーでポスターに温風を吹きかけ、温める。すると、ポスターの絵柄に変化が表れる。

「化学の力ってすごーー！」

妹が驚いていた。そうだろうそうだろう。俺も最初同じリアクションだったしな。

なんとこのポスター、感温印刷で作られており、混浴温泉ということで、黄色のタオルで身体《からだ》を隠しているが、温めると透けて見えるようになるという工夫が凝らされていた。執念を感じる拘《こだわ》りである。何故《なぜ》こんなところで本気を出してしまったのか。

「で、ですが、どうして!?」

「この現象をサーモクロミズムと言って、特殊なサーモクロミックインキを使うことで」

「いえ、そういうことではなく、確かにそれも気になりますが!?」

意気揚々と現象の説明を始めるのだが、どうやら不要らしい。残念。

ドライヤーを切り、ベッドに座る。ピクリと身体が強張《こわば》る妹の顔をジッと窺《うかが》う。

「麦茶でも淹れてこようか」

リビングに向かうと冷蔵庫から麦茶を取り出し、コップに注ぎ部屋に戻る。

「……ありがとうございます」

おずおずと受け取り、小さく口を付けた。静かな時間。しばし無言が続く。

だが、この無言が大切なのだと俺は知っている。待てばいい。時間ならあるのだから。

俺と言葉を交わしたときも、母さん達《たち》と会話しているときも、祇京《ききょう》ちゃんの表情には、時折、怯《おび》えと懐疑心が浮かんでいた。言葉を詰まらせ、葛藤がそこにあった。

昔、雪華《せっか》さんがこんな話をしてくれた。子供が何も話してくれないと嘆く親は、そもそも子供の話を聞く気がないのだと。言われてみれば思い当たる節がある。

相手の話を聞くということは、文字通り話を聞くことが肝要だ。当たり前のようで、これができない。途中で遮ったり、自分の意見を主張したり、そうしたことが続けば、どうせ話をしても無駄だと、いつしか口を噤《つぐ》んでしまう。話を聞いて欲しいのに、相手には聞く気がない。思っている以上に、敏感に察して、簡単に見透かされる。

人はつい、相手の話を聞いて、こうした方がいい、ああした方がいいなどとアドバイスをしてしまうが、意見を求めるのと、話を聞くのとでは大きく違う。

特にそれが親子の場合、親は子供を未熟だと思っている。対等ではない以上、つい大人ぶってしまうが、それが子供にとって重圧になることだってあるのだ。

そして、そんな環境の中で子供は、いつしか全てを悟り諦める。

自分の話を聞いてくれない、何を話しても無駄だと。

祇京ちゃんは恐れていた。失望することを。伝えて、否定されるのではないか、理解されないのではないかと。だから、俺は何も言わない。必要なのは忍耐だ。

思えば、雪華さんは昔から熱心に話を聞いてくれたが、そのとき、雪華さんから何か言われたことはない。ただ、静かに受け止めてくれた。それがよかったのかもしれない。

「ゆっくりでいい。だから――」

俯《うつむ》きがちに、ポツリポツリと妹が言葉を零《こぼ》し始めた。


懸命に、拙いながらも敬愛するお義兄様へ現状を伝える。必死だった。

聞き上手なのか、どんどん言葉が溢《あふ》れ出てくる。こんなに会話したのは初めてだ。

これまで胸に秘め、誰にも明かすことのなかった想《おも》いを吐露していく。

それだけで心は救われていた。相対して分かる。私は味方が欲しかったのだと。

お義兄様には、何も関係ない。巻き込んでしまったことに心を痛める。

けれど、お母様はお義兄様を求めている。私じゃない。そして、お父様だって。

事の発端は父が母についていた嘘《うそ》。――それは優しい嘘。

けれど、毒となって、家族を蝕《むしば》んでいった。

もう頼れるのは兄しかいなかった。決して父を軽んじるつもりはない。

しかし、全てを捨てた父と、全てを守り抜こうとする兄。――正反対の性質。

母を救う為《ため》に父がついた嘘が、母を苦しめてきた。

それでも母は母なりに努力していた。そのことに疑いはない。応えられなかった私が悪いだけ。けれど最近になり、均衡は崩れ、状況は悪化の一途を辿《たど》り始めた。

家族はバラバラになり、擦り切れそうな心が、限界だと悲鳴を上げている。

自分の無力さに打ち震えて、ただどうすることもできずに立ち尽くす。

変化の理由さえも、分からないまま。

今、必要なのは兄の力だ。友人から聞いた兄の話はどれも信じ難い話ばかり。

胸に抱くのは憧憬。必ず兄なら、なんとかしてくれるはずという信頼。

――あの日、ただ一人、迷子の私を助けてくれた兄ならば。


「私はどうなってもかまいません。ですから、母だけは――」

――一心不乱に、兄の存在を求め続けた。

私は、母親に褒められたことがない。それが当たり前の日常。

そんな環境で、自己肯定感が育まれるはずもない。

落ちこぼれ。汚点。恥ずかしい。母の言葉は、私という存在を端的に表していた。

そこにあるのは憐《あわ》れみと諦めの視線。期待を裏切り続けた。無価値だと言われ続けて。

いつしかそうだと思い知る。失望されることにも慣れて、悲しみは胸にしまい込んで。

小学生のとき、テストで九十点を取った。私は嬉しくて、褒めてもらいたくて、喜び勇んで、母に報告する。意気揚々と答案を手にやってきた私に母は一言、「もっと頑張りなさい」と、呆《あき》れたように呟《つぶや》いた。そのとき私は、これが悪い点数なのだと知った。

それから懸命に努力した。勉強を頑張った。宿題を忘れたことはないし、予習復習も欠かさない。確かに、私の周りにはもっと良い点数のクラスメイトだっていた。九十点など褒められた点数じゃない。誰だって、それくらいの点数なら取れる。そう、納得していた。

次のテストは九十八点だった。手応えがあった。点数を確認し、表情が綻ぶ。

これなら、母だって褒めてくれるはずだ。今度こそはと家に帰り、母に答案を見せる。

努力を認めて欲しい。頑張りを肯定して欲しい。母の喜ぶ顔が見たい、その一心だった。

見返りは、ただ一言、労《ねぎら》ってくれれば報われる。望むらくは、頭を撫《な》でてくれたら、もっと嬉《うれ》しい。幼い私の些細《ささい》な希望。私の小さな胸は、期待感で一杯だった。

けれど、返って来たのは「どうしてここを間違えたの？」という詰問。

減点された二点。正解は分かっていた。ただのケアレスミス。母にどうしてと聞かれて窮する。間違えた理由などない。なんとなく。不注意すら許されないのだと知った。

それからも努力した。塾に通うようになり、ピアノに水泳、習字と習い事が増えた。友達と遊ぶ暇なんてないくらいに。私は望んでいなかったが、母が言うなら従うしかない。

母が教育熱心なのは私の為だ。期待されている、そう思いながら挫《くじ》けずに過ごす日々。

放課後、遊ぶ約束をして別れるクラスメイトをいつも羨ましく眺めていた。私の気分は憂鬱で、やりたくもない、つまらない習い事ばかりの日々に嫌気が差していた。

当然、それらが身に付くことはなかった。バレエに体操、そろばん、何一つ。母を失望させるには十分だった。残ったのは、それら習い事に対するネガティブなイメージだけ。

強制されたものなど、所詮その程度でしかない。私は、何者にもなれなかった。

でも、勉強だけは頑張っていた。――そこに希望があったから。

「やった！」

答案用紙を見て、思わず声が零れた。とうとうテストで百点を取った。満点。この上なく最上の結果。これ以上の上はない。先生も友達も褒めてくれた。自然と涙ぐむ。

喜び勇んで、母に報告する。今度こそ褒めてくれるはずだ。だって、一番なんだから。

期待に満ちた瞳を向ける私とは裏腹に母の視線は冷淡で、「これくらい当然です」と、言ったきり、言葉はなかった。それから一瞥《いちべつ》もない。茫然《ぼうぜん》と母の前で立ち尽くす。

呆気《あっけ》なく否定された努力。当然なはずがない。クラスで百点満点は私だけだった。

母からしてみればたかだかこの程度、褒めるに値しないのかもしれない。

でも、私の心が折れるには十分だった。それから、百点以外は許されなくなった。

けれど、百点を取っても褒められることもない。目標を失って、あるのは虚《むな》しさだけだった。努力する意味がない。勉強に対する熱意を失い、身が入らなくなっていく。

必然的に成績は下がり始める。それが母を更に失望させる悪循環。けれど、私にはどうしようもなかった。その頃には、自分が落ちこぼれなのだと理解し始めていた。

あるときから、母の愚痴が増え始めた。父に対すること、私に対すること。

父は昔から母が最優先で、懸命に支えてきた。仕事も家庭も疎《おろそ》かにはしていない。父が母を大切にしているのは、私の目からも明らかで、私にとっては、良い父親だった。

なのに、出来損ないの私ならともかく、父に不満を抱く理由が分からない。

私が幼稚園の頃は、もっと会話に溢れ、温かな家庭だった気がする。その幻想を今も追っているのかもしれない。その頃の母に戻って欲しいと、そう願っていた。

家にいることがストレスで帰りたくなかった。学校だけが私の平穏な世界。

幸い、イジメられることはなかった。嫌々ながらやらされてきた習い事が、私に一定の社交性を持たせてくれた。それだけが役に立ったことかもしれない。

今日もまた怒られる為だけに答案を見せる。八十三点。クラス内では上位だが、そんなことに意味はない。母にとっては満点でも無意味なのだから、何点でも変わらない。

「これ以上、私に恥を掻《か》かせないで！」

母の逆鱗《げきりん》に触れたのか、これまでにない激昂《げきこう》。己の不甲斐《ふがい》なさに涙が零れる。

テストには正解があるが、私には母を満足させられる正解などないのだ。

不条理、理不尽に抗《あらが》えないまま、虚無感だけが残る。

「貴女《あなた》は勝たなくちゃならないの！　そんなんじゃ――」

「やめろ、椿《つばき》！」

仕事が普段より早く終わり、偶然その場にいた父が、慌てて母の言葉を遮る。

血相を変えた父の様子に、失態に気づいたとばかりに、母は口を閉ざした。

「誰に？　誰に勝てばいいんですか？」

無意識に口に出していた。名も知らぬ、姿も見えない相手と勝負させられていた？

勝つというからには相手がいるはずだ。だとすればそれはいったい誰なのか……。

「……精進なさい」

母は顔を背け、それだけを告げると、自室に戻った。渋面の父。森閑としたリビング。

居ても立っても居られず、私は父に尋ねる。

「教えてくださいお父様！」

父の逡巡《しゅんじゅん》は長く続いた。しかし、やがて諦めたように重たい口を開く。

そこからの話は、私がまるで知ることのなかった想像外の出来事だった。

父が離婚しており、母と再婚したこと。そして、父には二人の子供がいたこと。

「すまない、祇京。椿は周囲に認めさせたいんだ。自分の方が優秀だと」

戸惑う私に、父が謝罪する。そこで、私はようやく母の態度の理由を知る。

「ですがそれは……」

「あぁ、くだらない拘《こだわ》りさ。そんなことは椿も分かっているはずなのにな」

父が零した苦笑。当たり前だが、姉と兄は私より年上だ。競う相手じゃない。だが、気にせずにはいられなかった。初めて聞く姉兄の存在に、私は大きな衝撃を受けていた。

「……そんなに、優秀なんですか？」

「さぁ、どうだかな。俺は無責任な父親だよ。全てを捨ててきたからな。別れてから、一切の連絡も交流を断っている。いずれ祇京にも伝えるはずだった。その日が少し前倒しになっただけ。最低だと罵ってくれて構わない。言い訳なんて、しようがないさ」

俯く父の背中は小さくて、あまりに憐れで、声を掛けるのを躊躇《ためら》う。

「気にしなくていい。祇京はよくやっている。お前は、そのままでいいんだ」

不思議と、姉と兄に悪感情を抱くことはなかった。逆に興味が湧いてくる。

一人っ子だからだろうか、特に異性である兄の存在に強く惹《ひ》かれた。それは多分、ずっと昔、雪の降る街の中で、とある男の子に助けられた経験があるからかもしれない。

両親よりも身近で頼れる相手。そういう存在を、私はずっと求めていた。

母の思惑とは裏腹に、ライバル視する気は起こらない。百点満点を取っても勝てない相手に、いったいどうして勝てるというのか。母の空想上の相手と勝負などできない。

それから、兄に対する憧憬は日に日に増していくばかりだった。想像は美化され、私にとって都合のいい解釈で彩られていく。いつか会いたい、それが新しい目標になって。

「お父様、教えてください。姉と兄の名前を——」


中学生になり、環境の変化にも慣れた頃、私はSNSでとある名前を見つける。

眩《まぶ》しかった。鮮烈な輝き。何事にも自信が持てずに燻《くすぶ》っている私とは違う。

自由奔放で、そこには、私がなりたくてもなれなかった、何者かになった兄がいた。

その輝きに夢中になった。目が離せない。敬慕の念を抱かずにはいられない。

痺《しび》れるような憧れ。羨望はいつしか心酔へと変わり、偶像は崇拝の対象になる。

毎日が楽しそうで、引き寄せられるような魅力に満ちていた。膨れ上がる気持ちの中、私は兄を熱心に応援している人と知り合いになった。近しい年齢、その人は兄のことを「お兄ちゃん」と呼んでいた。それが羨ましくて、嫉妬せずにはいられなかった。

仲良くなり、沢山、兄の話を聞いた。良い話も悪い話も。SNSを通して見る華やかな兄の姿とはかけ離れた実像。私にとって、それもまた衝撃だった。

兄も苦しんでいたこと。決して順風満帆だったわけじゃない。そこにいるのは、偶像ではなく、紛れもなく一人の人間で。幻想との狭間《はざま》で、抱いた想いは更に増していく。

その頃から、母の様子がますますおかしくなった。情緒不安定になり、体調を崩すことが増えて、父との関係も悪化し始めた。父のことを母が激しく拒絶するようになった。

両親が言い争う声を何度も聞いた。声を荒らげているのは母だけだが、ヒステリックに叫ぶ母に父もまた憔悴《しょうすい》を深めていった。同時に、私に対する母の態度も変化した。

まるで興味でも失ってしまったかのように、何も言われなくなった。あれほど熱心だった勉強についても無関心だ。成績も頭打ちになっている。いよいよ見限られたのかもしれない。ただ母の目は酷《ひど》く悲しそうで、期待に応えられない自分が腹立たしかった。

家の中には常に張りつめたような緊張感が漂い、母は苦しみ中で藻掻《もが》いている。懸命に救おうと手を差し伸べる父を撥《は》ね除《の》け、私からは目を背け、ひたすらに嘆き苦しむ。

地獄。私の家族は、家庭は完全に崩壊していた。ガラガラと崩れ落ちていく日常。

ここは息苦しい牢獄《ろうごく》。休まることなどない、三人だけの地獄。

その状況に、父もまた苦しんでいた。以前は殆《ほとん》ど口にしなかったアルコールを浴びるように飲む。増すばかりの飲酒量。やつれていくばかりの父と母。

無能な私にはどうすることもできない。誰も救えない。

「雪兎《ゆきと》がいれば……」

ポツリと父が呟く。兄なら、この悪夢から抜け出す術《すべ》があるというのだろうか。

何の関係もない、これまで一切繋《つな》がりのなかった兄に、何ができるというのか。

父の言葉が、いつまでも耳に残り反響を繰り返していた。

「――お義兄様《にいさま》は、助けてくれますか？」

自室の窓から暗い空を見上げ、想《おも》いを馳《は》せる。その呟きが届くことを祈って。

◆

「でも、どうしてお母さんの様子が急に変わっちゃったの？」

「……分かりません。それだけは父も固く口を閉ざしていたので」

話し終えると、灯織《ひおり》さんは首を傾《かし》げる。クリクリとした目が愛らしい。

これまで何度も言葉を交わしてきたが、こうして直接会うのは初めてだった。最初は緊張していたが、この妹仲間の友人は人懐っこいのか、すぐに打ち解けることができた。

こうして東京観光に連れ出してくれた友人に感謝しながら、ほんのり憧れを抱く。

灯織さんは愛嬌《あいきょう》に溢《あふ》れている。感情を露《あら》わにすることが少ない私にはないものだ。

お母様も、私が灯織さんのような素敵な女の子だったら、喜んでくれたのだろうか。

「そっかぁ。……難しいよね色々。大丈夫！　お兄ちゃんがなんとかしてくれるよ！」

昨夜した話を繰り返す。私が知っている全て。それはあまりにも少ない。

けれど、灯織さんは明るく笑い飛ばす。あっけらかんとした様子に拍子抜けする。

「お義兄様のことを、信頼しているんですね」

ほんの少しのヤキモチ。はしたない感情に、自分の卑しさを自覚して気分が沈む。

そんな私の感情を見透かすように、灯織さんは屈託なく笑った。

「うん！　お兄ちゃんはね、とってもすごいの！　だから、祇京《ききょう》ちゃんも大船に乗ったつもりで、ドーンと構えていればいいんだよ。ドーンと！」

エッヘンと慎《つつ》ましやかな胸を張る灯織さん。そこだけは私でも勝てるかもしれない。

そんなことを考えていると、僅かに灯織さんの言葉が翳《かげ》りを帯びる。

「……じゃないと、お兄ちゃんは頑張れないから」

「え？」

その言葉に、少しだけ違和感を覚えた。払拭するように、灯織さんが私の手を握る。

「行こ！　ほら見てみて！　たかーい！」

「……うっ、少し怖いです」

喪失感。透明な床の上に立つと、一瞬、眩暈《めまい》がする。根源たる恐怖という感情。

「大丈夫だよ！　ここで働いている人だって大勢いるんだし、怪獣でも来ない限り平気だって。でも、こういうとき、人がゴミとか言うのって、ダサいし安直だよね」

「都会の人は、よく分からないことを仰《おっしゃ》いますね」

展望台から見下ろす街は、切れ目なく何処《どこ》までも続いていた。

遥《はる》か昔は焼け野原だったなんて信じられない。私が住んでいる街も都市だが、これほどまで高密度に発展しているとか言えば、疑わしい。勝てるのは長い歴史だけかもしれない。

首都はそれほどまでに広大だった。人の多さも、集約されている資本も。

「実は私も初めて来たんだ！」

「そうなのですか？」

意外な言葉に目を丸くする。東京の観光地と言えば真っ先に名前が挙がる代名詞だ。私だって、一度は来てみたいと思っていた。入場料はそれなりだったけど……。

「いつでも来れるところって、案外そんなものじゃない？」

「ゴホン……身も蓋もありませんが、そうかもしれません」

「祇京ちゃんだって、地元でさ、『なんだ寺かよ、しょぼ』って思うでしょ？」

「よく分からないことを仰らないでくださいまし！」

悪戯《いたずら》っぽく声を潜める灯織さんに釣られて苦笑する。言い得て妙かもしれない。

観光客にとっては珍しくとも、生活圏内にある人からすれば特別でもなんでもない。

雪の降らない地方に住んでいれば、雪に感動するかもしれないが、豪雪地帯に住んでいれば、鬱陶しく、除雪が悩ましい。特別と日常の関係とは、そういうものだ。

「だってぇ、高いだけなんだもん。正直、飽きちゃった！」

「シーーッ！　シーーッ！」

感動が台無しだ。無邪気に邪悪なことを言う友人の口を塞ぐべく話を変える。

「悠璃《ゆうり》お義姉様《ねえさま》には、嫌いと言われてしまいました」

「悠璃お姉ちゃんはそうかもね。それは仕方ないよ」

灯織さんが、タタッと展望台の回廊に向かうと、眼下を見下ろす。

仕方ない。その言葉に自然と納得する。何もかもしょうがないことだ。突然現れた腹違いの妹。そんなもの、気持ち悪いに決まっている。私の存在自体が、許されない。

「違うよ」

いつの間にか、灯織さんの瞳が私を捉えていた。

「お兄ちゃんはね、すっごく頼り甲斐があるの！」

踵《きびす》を返し、灯織さんが再びメガシティへ視線を向ける。

「私のことだって、お姉ちゃんのことだって、困ったときは、必ず助けてくれる。祇京ちゃんのことだって、お兄ちゃんがなんとかしてくれるよ。——だから、悠璃お姉ちゃんは、お兄ちゃんを頼ろうとする人が嫌いなの。祇京ちゃんだけじゃないよ」

予想外の言葉に理解が追い付かない。

「お兄ちゃんは頼り甲斐がある。それは半分正しくて、半分不正解」

まるでそれが悪いことかのように話す口ぶりに、動揺を隠せない。

「お兄ちゃんは、昔から辛《つら》いことが沢山あって、悲しいことも沢山あって。だけど、お兄ちゃんは誰にも頼れなかった、ううん。違うかな。誰にも頼ろうとしなかった。お兄ちゃんが頼り甲斐があるのは、そうしなければならなかっただけ。お兄ちゃんを子供のままでいさせてくれなかったから、誰よりも早く大人にならなくちゃいけなかったの」

灯織さんの言葉に宿る寂寥《せきりょう》。お義兄様は私に手を差し伸べてくれた。なら、お義兄様には誰が手を差し伸べたのか。そんな相手がいなかったのだとすれば、お義兄様は必然的に強くならざるを得なかったのかもしれない。だとすれば、それはあまりにも——。

「悲しいことだよね」

無邪気な笑顔とは違う、哀傷の笑み。

「お兄ちゃんを頼れば頼る程、お兄ちゃんは孤独になっていく。悠璃お姉ちゃんが嫌うのも当然だよね。お兄ちゃんは優しいけど、その優しさは毒なの。甘えることを許さない」

甘えたいと思っていた。兄の存在を知り、兄なら理解してくれるのではないかと。

「私も、お姉ちゃんのことが大好きだけど、大嫌い」

相反する感情。私がお母様に抱く感情と同じようなものなのかもしれない。

「どれほど愛されていたのかにも気づかずに、強欲に求めて、理解を押し付けて、甘えて、依存して、肥大して、いつしか制御もできなくなって――お兄ちゃんを傷つけた」

静かな言葉の中に込められた瞋恚《しんい》。私と灯織さんの関係はまだ浅い。お義兄様のことだって知らないことばかりだ。私の知らない何かが、積み重ねた時間がそこにはあった。

「でも、私達《たち》の諍《いさか》いで困らせたくないから。ま、お姉ちゃんも反省してるし」

張りつめたような空気が、フッと和らぐ。

「お兄ちゃんってさ、反抗期がなかったらしいよ。すごーって感じだけど、お兄ちゃんの場合、昔からずっと反抗してたから、ひょっとしたらまだ終わってないのかも？」

考え込む灯織さんを見ながら、お義姉様から言われた言葉を思い出していた。

なかったのではなく、あったんだ。反抗の対象が理不尽だっただけ。

「私もお義兄様のように強くなれたら――」

「それはダメ」

灯織さんから、ぶつけられた拒絶の言葉に、一瞬、背筋が凍る。

「お兄ちゃんを羨んじゃダメなの。あんな風に生きることは、とても辛いことだから」

私は、お義兄様のことをどれくらい知っているのだろう？

昨夜、お義兄様は私の拙い言葉を、聞き続けてくれた。耳を傾け、真剣に。

話したいことが沢山あった。聞いて欲しいことも無限に。ずっと思い描いていた。

でも、私はお義兄様のことを何も知らない。それが何処か罪深く感じてしまう。

「……そっか。もしかしたら、祇京ちゃんのお母さんは――」

灯織さんが何かに気づいたような反応を見せる。

「何か分かったんですか!?」

衝動的に詰め寄ってしまう。母と関係を改善する切っ掛けを求めていた。

「ううん。ゴメン。なんでもない。――それに、もしそうだとしても、やっぱり、どうにかできるのはお兄ちゃんだけだから。信じよう、お兄ちゃんのこと」

ふにゃりと笑顔になり、手を引かれる。

「お土産買いに行こうよ！　お兄ちゃんからお小遣いも貰《もら》っちゃったし！」

「あ、待ってください、灯織さん！」

「お兄ちゃん、借金二億あるって言ってたのに、太っ腹だよね」

「自己破産コースでは!?」

「お兄ちゃんだもん。なんとかなるよ！　ならなかったら、それはまぁ」

また一つ明らかになる兄の秘密に驚きが尽きない。平然としていられる金額じゃない。

「お兄ちゃんと一緒に来たかったなぁ。祇京ちゃんだってそう思うよね？」

残念だが、仕方ない。兄にだって予定がある。とは言っても——。

「しょうがない。今日はお姉ちゃんに譲ろう！　でも、次はお兄ちゃんも一緒ね！」

「はい！」

灯織さんのお姉様とお義兄様は同い年の幼馴染《おさななじみ》だという。まるで運命に導かれた関係性のようで、物語のような理想を抱いてしまう。穢《けが》れなき綺麗《きれい》なものに対する憧れを。

「今頃、お兄ちゃん達、何してるんだろうね？」

そんな話をしながら、灯織さんに連れられ、浅草へと向かうことにした。

◆

「今日は急に付き合ってくれてありがとう雪兎」

「干からびてなさそうだな」

「何の話!?」

「じょうろは必要なかったか」

ゾウさんの形をしたじょうろをリュックに仕舞う。

灯織ちゃんからは「お姉ちゃんが干物女になってる！　お兄ちゃん栄養分が不足してるみたい」とか、メッセージが来ていたが、俺って出汁《だし》でも取れるの？

「だから何の話!?」

灯凪《ひなぎ》ちゃんの抗議を聞き流して、パラパラと受付で買ったカタログをめくる。

興味深いサークルが沢山並んでいる。文学作品が多いが、中には世にも珍しい研究や、評論、考察など資料的価値のある本も含まれている。知的好奇心を刺激して止《や》まない。

「編集さんがね、一度どういうものか実際に見てきたらって」

「百聞は一見に如《し》かずだな」

「うん。……なんだか緊張してきた」

意気込む幼馴染。その目は真剣だ。灯織ちゃん曰《いわ》く、かなり根を詰めて作業していたらしい。灯凪の息抜きになればそれで構わないと思っていたが、俺も楽しめそうだ。

週末、俺達は、産業会館に来ていた。文学作品の展示即売会。

ここで本を売っているのはアマチュアばかりだ。本にＩＳＢＮも存在しない。

中にはプロの作家も混ざっているらしいが、生憎《あいにく》と俺にはそれが誰なのか判断つかないし、プロが売っている本もまた、趣味で自作したものが販売されている。

所謂《いわゆる》ここは、アマチュアの祭典だった。だからこそ許されるニッチな内容が興味深い。

「――作品の向こうには、ちゃんと読者がいるんだね」

一般入場の列に並びながら、感慨深く灯凪が呟《つぶや》く。

灯凪が書いていたネット小説が書籍化することになった。一度、編集の人と挨拶を交わしたらしいが、基本のやり取りはメールだし、読者からの感想もメールで届く。

人と直接関わることのない孤独な作業。灯織《ひおり》ちゃんは灯凪が枯れていると言っていたが、今は水を得た魚のようにキラキラと輝いている。この場を通して、自分の作品を読んでくれている読者がいるという実感を得られているのかもしれない。俺には分からない感覚だ。

「雪兎《ゆきと》も、色々と工作するの好きだよね。こういうイベント向いてそう」

「そうか？」

特に意識したこともないが、リュックから灯凪に渡すべく作ったものを取り出す。

「どうしたの？」

不思議そうな表情の灯凪ちゃんの手を取り、手のひらに乗せる。

「君にこれを渡そうと思って。ＳＤ灯凪ちゃんだ」

親指サイズのデフォルメされた『ＳＤ灯凪ちゃん』。自信作だ。

「また変なの作って……。まぁ、可愛《かわい》いけどさ」

灯凪ちゃんがうんざりした様子でＳＤ灯凪ちゃんをまじまじと観察している。

「ただのＳＤ灯凪ちゃんじゃないぞ。これを見てみろ」

灯凪ちゃんからＳＤ灯凪ちゃんを受け取り、地面に立てる。

「いいか？　こうして地面に置いたら、ゆっくりと後ろに引っ張る」

カチカチカチと音がして、ＳＤ灯凪ちゃんに軽い抵抗を感じる。

「何してるの雪兎？」

キョトンとしている灯凪ちゃんに見せつけるように手を離すと、SD灯凪ちゃんがギュイーンと音を立てて加速し、一メートルほどの距離を走り、前に進んだ。

「プルバックゼンマイ搭載だ」

「小さい頃、車のオモチャで見たことあるやつ!?」

地団太を踏む灯凪ちゃんの振動で、足元のSD灯凪ちゃんがパタリと倒れた。

「はい。家で暇なとき遊んでくれ」

拾い上げ、再び灯凪ちゃんの手のひらに乗せる。

「遊ばないわよ！　凝り性なのも大概にしなさい」

「これが遊んでみると盛り上がるんだぞ？　激戦に次ぐ激戦でな。一人負けしたが」

「アンタのところって、最近はいつも楽しそうよね……」

リビングにコースを設置して、SD桜花《おうか》さん、SD悠璃さん、SD雪華《せっか》さん、SD雪兎君の四体でレースをしたが、さながら本場のレースもかくやという大盛り上がりだった。

しかし、何故《なぜ》か俺のSD雪兎君だけ真っすぐ走らずに、左に逸《そ》れて机の上から落ちるコースアウトを連発し大敗を喫した。メンテナンスの重要性を痛感する出来事だ。

「後半のレースなんて酷《ひど》くて、悠璃さんがコースになるとか言うもんだから」

「聞きたくないけど、なんて非人道的な行為なの!?」

「寝そべって、その上をコースに――」

「案の定、聞かない方がよかった！」

「九重《ここのえ》家カップだ（意味深）」

「少年のオモチャで成年の遊びしないでよ！」

イヤイヤと耳を塞ぐ灯凪ちゃん。いつまでも忘れたくない子供心に乾杯。俺は完敗。

「……まぁ、家の中が会話もなくて冷めてるよりはいいのかもしれないけどさ」

「SD灯織ちゃんもあるよ」

盛大な溜息《ためいき》と共に受け取ると、灯凪ちゃんが鞄《かばん》に仕舞う。

列が進み、いよいよ俺達が入場する番になる。フロア内に一歩足を踏み入れようとして、思わずその場に立ち止まった。隣を見れば、灯凪も息を呑《の》んでいる。

「…………すごいね」

「あぁ」

感じたのは圧だった。溢《あふ》れんばかりの熱気に圧倒される。いつまでも立ち止まっているわけにはいかない。意を決して、足を踏み入れる。会場内は大勢の人で溢れていた。

活況を呈している。混雑と言えば満員電車だが、決定的に違うのは人々の表情だ。

「みんな、楽しそう」

灯凪の呟きに、小さく頷《うなず》く。通勤時の満員電車は、憂鬱な顔で溢れている。

しかし、この場は、活力に満ちていた。迸《ほとばし》る情熱。ともすれば、いるだけで体力を消耗してしまいそうな、パワースポットのような強烈なエネルギー。本を売っている人も積極的に声を掛けている。そこから感じるエネルギッシュな空気は小売業ともまた違う。

「一次生産者ならではだな」

一般的に、小売店の店員には商品に対する思い入れや責任など存在しない。

しかしここでは違う。中には何らかの二次創作もあるが、全てに共通しているのは、自分の意思で選んだ題材を元に、自腹で本を作り、自分で売るという原始的なプロセス。

販売されているのは、それぞれが持つ「好き」を形にした結晶だった。そしてそれを販売しているのは、作り手たる作者本人だ。故に込められた熱意は一線を画す。

「編集の人は、この熱量を君に知って欲しかったんだな」

「……分かる気がする。パソコンと睨《にら》めっこしてるだけじゃ分からなかった」

羨望の眼差《まなざ》し。創作の根源。この経験は間違いなく灯凪の糧になるはずだ。

「雪兎？」

「どうした？　圧倒されたか？」

「そうだけど、そうじゃなくて……」

灯凪ちゃんが、ムニーッと顔を寄せて、スッと俺の手を握った。

「ここにはさ、好きが溢れてるんだね」

「さっき調べてみたが、大半のサークルは赤字らしい」

利益重視では生まれない作品達。好きなものを好きなだけじゃ経済的にはやっていけない。だとしても、利益を度外視しても、好きであることに誠実でいたいという誇り。

「雪兎にもさ、ちゃんとあるよ。『好意』が」

「灯凪？」

見て回りながら、自らに言い聞かせるように、灯凪が静かに紡いでいく。

その言葉は、会場の喧騒《けんそう》にかき消されることもなく、俺の耳に届いていた。

「好きって気持ちが抑えられなくて、想《おも》いが形になって。雪兎が作るものだってそう。無くしたわけじゃない。失ったわけじゃない。雪兎は雪兎だけの『好き』を持ってる」

ふいに手を握る力が強くなった。伝わる体温。

「再会する前も、してからも、焦ってばかりで自分の気持ちを伝えるだけで精一杯だった。厚かましく押しつけてばかりだったよね。私がして欲しいことを、望むことを雪兎に期待して、それを叶《かな》えてくれた。助けてくれた。救われたんだ。……可笑《おか》しいよね。気づけば、私はしてもらってばっかり。何がしてあげられるんだろう、何をすればいいんだろうって思って、それすらも私のエゴで。だからもう、追いかけることは止めたの。一緒にさ、ゆっくり探して行こうよ。雪兎のしたいこと、やりたいことをやって、好きを沢山探して、そんな毎日を過ごしていけば、いつか雪兎も見つけられるはずだから」

隣を歩く幼馴染の姿が、いつの間にか物凄《ものすご》く成長した女性に見えていた。

「何を？」

自然と聞き返していた。いったい、俺に何が見つけられるというのだろうか。

まるでその問いかけを予想していたように、灯凪は間髪入れず言葉を繋《つな》いだ。

「――未来」

ほんの一瞬、しんとした静寂に包まれる。

「そこに私もいられるように、頑張らなくちゃね。改めて決意したの。だって、雪兎の優しさに甘えてるだけの私じゃ、幼馴染として不甲斐《ふがい》ないでしょう？」

達観したような柔らかい笑み。初めて見る表情だった。俺の知らない幼馴染。

羽化しようとしていた。空へと高く舞い上がり、今まさに羽ばたこうと。

「君は大人になろうと――」

「違うよ」

俺の唇にそっと人差し指を当てて、言葉を塞ぐ。

「大人になるのは、後、もう少しだけ。未熟なままでいいじゃない。この時間は、私達《たち》にとって今しかない大切なものになるはずだから。雪兎も難しいことは忘れて、楽しも！」

彼女達の時間を奪い浪費させてきた。可能性を奪い、無駄な行為だと切り捨てて。

葛藤を繰り返してきた。諦めない彼女達に。どうすれば俺を見限ってくれるのかと。

だが、俺が思っている以上に、自立しつつあるのかもしれない。彼女達がくれた猶予に、少しだけ甘えてもいいのかもしれない。いつかは互いの道が分かれることになったとしても、大人になりきれない、この僅かな期間だけは、子供のように無邪気なままで。

雪華さんにも、そう言われたじゃないか。

これはモラトリアム。そうだと分かっていながら、甘えることを許してくれた。

「続き、見て回ろっか」

変わった幼馴染《おさななじみ》の変わらない笑顔に癒される。

俺だって灯凪からもらっていたものがあった。――この安心感を。


「あれ？　雪兎君？」

突然、呼び止められた声に振り向くと、そこには見知った女子大生の顔があった。

かつては俺もぼっちだったが、現在、俺の知り合いの多さは尋常ではない。俺のSNSアカウントは、常時『プロフ見て♪』で埋め尽くされているほどだ。

思いがけない遭遇に親しみを込めて、愛称で呼んでみた。

「さんみお？」

「そこはせめて、ちゃんみおにしてくれない？」

「年上ですし、失礼かなって」

席に座っていたのは、さんみおこと、二宮澪《にのみやみお》さんだった。

机には数種類の頒布物が並んでおり、華やかにディプレイされている。澪さんの女性的なセンスがこれでもかと発揮され、参加者の目を引いていた。

「お客さん多いですか？」

「少ないよ！」

いつも思うが、澪さんってクールキャラに見えて、見えるだけなのがギャップだ。

「どうして雪兎君がここに？」

目を丸くする澪さんの視線が灯凪《ひなぎ》の方に向く。灯凪も困惑している。

この幼馴染は案外人見知りだったりするので、居心地が悪そうだ。

「ねぇ、雪兎。……誰？」

ぼそぼそと灯凪が囁《ささや》く。友人が自分の知らない知人と親しくしていて、輪に入れずに疎外感を覚えた経験をしたことがある人も多いと思うが、ひょんな出会いにどう紹介しようかしばらく迷い、とりあえず無難なところに落ち着くことにした。

「こちら、ヤリサーに所属する大学生の二宮澪さんだ」

「ヤリサー!?」

「シテないわよ！」

灯凪ちゃんが愕然《がくぜん》とする中、二重の否定が返ってくる。

「大学生になったら、もっと気を引き締めなきゃ……」

「ほら見なさい。君が変なこと言うから、勘違いされてるじゃない」

灯凪ちゃんが決意を新たにしている様子を半眼で見ながら、澪さんが呆《あき》れている。

「ああいうグループとはもう付き合わないことにしたの。私達も馬鹿じゃないしね」

私達というのはトリスティさんのことだろう。交友関係に口を出すことはしないが、自分を大切にして欲しいものだ。陽気なアメリカン親父《おやじ》が悲しむ姿は見たくない。

「元々、体育会系のサークルなんて興味ないし、今は文化系のサークルにいるの」

澪さんが並んでいる本を見せてくれる。そこには大学のサークル名が記載されていた。

灯凪と会場を回っていたときも、幾つか大学名で活動しているサークルがあった。

「へー。文藝部《ぶんげいぶ》って、こういう外での活動もあるんですね」

「そうよ。活動実態なんてそれぞれ千差万別だけど、こういう所に参加しているサークルは、やる気があるんじゃないかしら。対外的な実績にもなるしね」

「なるほど」

高校生の俺達にとっては参考になる話だ。灯凪も興味深そうに聞いている。

「ところで雪兎《ゆきと》君は文学デートなの？」

「違いま――」

「デートです！」

食い気味に灯凪ちゃんが答えていた。電光石火の早業だ。もう一度チャレンジする。

「違いま――」

「デートと言ったらデートです！」

完全敗北だ。ひとまず俺は黙ることにした。

「そんなこと言って、本当はデートなんじゃないの？」

「だからデートですって！　あれ？」

澪さんもチャレンジしていた。何が面白いんだこれ……。

「それはそれとして、視察のようなものです。実は――」

かくかくしかじか。事情を説明すると、興奮したように、声が弾む。

「凄いじゃない貴女《あなた》！　どの作品か教えてくれる？」

「えぇっと、はい。あの、このサイト知ってますか？　恋愛ジャンルで——」

灯凪ちゃんも満更じゃないのか、純粋な称賛に嬉《うれ》しそうにしている。

良い傾向だ。灯凪の交友関係は決して広くはない。だが、こうして周囲と関係を深めていけば、いつか困ったとき、力になってくれる人が増えるはずだ。それでいい。昔の俺と今の俺、手を差し伸べてくれる人が随分と増えた。それは俺の世界が広がったから。

灯凪にもそうなって欲しいと思う。いつか離れることがあるかもしれない。

いつまで一緒にいられるかなんて、誰にも分からない。

「そうだ、確か荷物の中に色紙が……。あった！　これにサインしてくれる？」

「サイン!?　したことないですし、恥ずかしいですよ！」

澪さんは灯凪にサインを要求していた。ミーハーだ。

「まだ内緒にしておいてください澪さん」

「うん、任せて！　灯凪ちゃん、発売したら絶対に買うから！　後で感想も送るね！」

「ありがとうございます！」

澪さんなら情報を漏らすこともないので、安心だ。サインを転売したりもしない。

「そうだ、そろそろ交代で自由時間になるし、少し休憩しない？」

先に会場を回っていたメンバーと交代し、澪さんに色々と教えてもらいながら会場を回った後、休憩スペースで一休みする。緩やかな疲労に満たされる。会場に渦巻く熱気に当てられたのかもしれない。灯凪も同じなのか、表情はキラキラと輝いていた。

「まさか、近くに将来の作家様がいるなんて。才能をまざまざと見せつけられた感じ」

「そんなんじゃありませんよ。……これも雪兎のおかげですから」

祇京《ききょう》ちゃんの言う通り、『おにおか』って流行《はや》ってる？　灯凪ちゃんまで俺のおかげとか言い出した。灯凪の努力が実を結んだことに、俺は何の関係もない。

「そう。貴女には、大切なことなのね」

「はい」

含みを持たせた澪さんの言葉に、灯凪が静かに頷《うなず》く。心地よい沈黙が支配する。

話題を変えるように、自動販売機で買ったお茶に口を付けながら、澪さんが口を開く。

「そういえば、あの子――トリスティもね、ファッションサークルに誘われて入ったんだって。モデルをお願いされたらしいんだけど、今は洋服作りにハマってるわ」

「それ大丈夫なんですか？」

言外に含んだ意味に気づいたのか、澪さんが心配しないでとばかりに手を振る。

「由緒正しいサークルだもの。安心して。毎年、十一月にファッションショーをやるんだけど、それに向けて自分達で服を作るみたいね。結構、規模が大きくて、製作もそうだけど、ショーの企画から運営も自分達でやるのよ。今年は私も見に行こうと思って」

「なんだかそういうの憧れちゃいます！」

灯凪も女子だ。女子とはファッションが好きな生き物。お洒落《しゃれ》に疎い俺にはファッションショーと言われてもピンとこないが、リアルが充実しているようでなによりである。

「そういえば、困ってることがあるらしいから、そのうち君に連絡が来るんじゃない？」

「相談窓口にされても困ります」

生憎《あいにく》、ファッションの知識はゼロだ。モード系とか言われても、戦闘機からロボットに変形するみたいなこと？　とかギミック要素だと思ってしまう。

「いいじゃない。助けてあげなよ。雪兎、洋服作るのも得意でしょう？」

「得意なわけじゃないんだが……」

確かに家では常時ミシンが稼働しているが、得意と言えるレベルにはない。

「そうなの？　はー。君って、ほんっとに多才よね。幼馴染ちゃんは作家だし」

何かに気づいたように、澪さんが独りごちる。

「そっか。そういう君だから、君の周りに集まる人は――」

周囲を見渡せば、会場内は笑顔で溢《あふ》れていた。夢中になれるものがある。それは人を魅力的にする魔法のように思える。俺もいつか見つけられるのだろうか。

「澪さんは、どうしてサークルに入ろうと思ったんですか？」

「そうね。理由、理由か……」

何とはなしに浮かんだ疑問をぶつけてみると、澪さんは、しばらく考えて口を開いた。

「私ね、地方生まれなの。別に田舎ってわけじゃなくて、しがない何処《どこ》にでもあるような普通の地方都市。自然豊かで、空気が美味《おい》しくて。自分で言うのもなんだけど、住み易《やす》くて、良い場所だったと思う。家族仲も悪くないし、学生時代の友達も沢山いるしね」

澪さんって、進学で上京してきたのか。知らなかった。

「でもね、いつも疑問に思ってた。ううん。不安に思ってたのかな。朝、起きるでしょう。それで家を出ると、外に誰もいないの。誰一人、歩いている姿を見かけない。言い過ぎだけど、私はずっとそう感じてた。世界に取り残されたような、まるでゴーストタウンにいるような、疎外感。走り抜ける車だけが、人の存在を証明しているような気がして」

遠くを見つめる澪さんの瞳は何処か寂しそうで。想《おも》いを馳《は》せているのかもしれない。

「そのことを誰も疑問にも思わない。不思議がっている私の方が異端な気がして」

それが日常となっている世界で、常識を疑うことは難しい。当たり前の日々に疑問を持った澪さんは、広い世界を求めた。そういうことなのだろう。

故郷を離れることに苦悩があったのかもしれない。それでもこの道を選んだ。

「車社会の弊害ですね」

「そうなの？」

灯凪ちゃんは馴染《なじ》みがないのか、不思議そうにしているが、よく聞く話だ。

閑散とした、誰もいない街。それは比喩であって、比喩じゃない。

車社会の地方では、何処に行くにも車を使う。近くのコンビニに行くときでさえ、当たり前のように車だ。歩いているのは学生か、それこそ犬の散歩をしている人だけ。

逆に歩いている人を見かけると、不審に思うくらいだ。この過度な車社会が、商店街の空洞化を招く。主な交通手段は車であり、電車を使うことはない。そして車がメインになれば、駐車場のない商店街の利用など面倒でしょうがない。駅前を中心とした街は廃れ、広大な駐車場を有する家電量販店やショッピングモールといった、郊外のロードサイドがメインに発展していく。地方が抱える問題の根本に根差す原因だった。

そうして完成するのが、全国何処にでもある車が行き交う人の気配がしない街だ。

「学生時代、何処か漠然とした日々を過ごしていたわ。そんなある日、たまたま友人とこうしたイベントに行く機会があって、そこで私は驚愕《きょうがく》したの。自分達《たち》の街に、こんなに若い人達が集まっていて、こんなに熱意に溢れている世界があったんだって。価値観が一変するような経験だった。学校の中じゃないと、同世代なんてそうそう出会わないもの」

ふっと肩から息を抜いて、澪さんが笑う。

「トリスティはね、今、あの子なりに必死になって探してるのよ。積極的に色んなことに挑戦してるみたい。それで私も触発されて、昔を思い出してみたってわけ」

都会へ飛び出す人と地方に残る人。そこに優劣はないが、誰もが同じような思いを抱えているのかもしれない。人生において、挑戦と安心。どちらを優先すべきか。

澪さんが大切にしている一端に触れた気がした。閉じられた世界にあるのは停滞。それが悪いわけじゃない。そこには安心があり、安定がある。守られているから。

でも、少し外に飛び出せば、まるで違う可能性が広がっているのも事実だ。

灯凪だってそうだ。今の状況は灯凪が摑《つか》み取ったもの。大きな自信になるはずだ。

進もうとしている。前へ。見据えている先にある輝かしい未来に。

尊敬を抱く。俺は彼女達のように進めているのだろうか。

未《いま》だ先は真っ暗なまま。踏み外さないように、慎重に歩くだけで限界だ。

「そうだ。澪《みお》さん、母さんが話したいことがあるって」

「え、面接？　うわー、どうしよう。緊張してきた」

「そうじゃないんですが、実は――」

以前、母さんがしていた話を思い出しながら、澪さんに伝える。

パチクリと目を瞬かせて、澪さんはアッサリ頷いたのだった。

◇

――その夜、トリスティさんから連絡が来た。

『ひーん、ユキト君、助けて！　私、ランウェイなんて歩いたことないよ！』

俺もありませんけど？


「いい天気だなー」

「うむ。そうじゃのう」

「…………」

生産性のない会話のトップを爆走するのが、そう、天気の話題だ。

話を振られた方も真面目に答える気がない。上の空で相槌《あいづち》を打つだけである。

えてして、そのような会話が交わされるときは、まともなコミュニケーションを放棄しており、話題を振った方も、正直、どうでもいいと思っている。それくらいしょうもない。

だが、隣にいる老人は全く気にした様子もない。俺に連絡してくる頻度が最も高い人物は氷見山《ひみやま》さんだが、隣にいるのも氷見山さんだ。言うまでもないが、美咲《みさき》さんではない。

「お主、どれだけ当家に恩を売るつもりだ？　返済する前から次から次へと。このままだと破産してしまうわい。我が家全員、頭が上がらん」

「頭が高い」

「ははー」

平身低頭の利舟《りしゅう》さん。この人にこんなことさせて俺の命は大丈夫なのか？

「カッカッカ。政治家は国民を見下ろすのではなく、見上げなければ寄り添えない。これが本来あるべき姿だと思うておる。税金も払わずに裏金などけしからんよ。度し難い」

「一喝してやってください」

憮然《ぶぜん》とした表情で日本を憂いていた。引退したとはいえ、利舟さんの気質は政治家だ。

日差しを浴び、パッカパッカと白毛の馬が気持ちよさそうにしている。動物は自由だ。

暇なのか、老後を満喫している利舟さんからしょっちゅう連絡が来るのだが、今日は呼び出されて、朝からこんなところまで来てしまった。え、ここ何処？

「まさか、美咲がもう一度、教師を志すとは……。聞いたとき、思わず耳を疑った。儂らにはどうあってもできなかったことじゃ。孫が苦しんでいるのは分かっていた。それでも、儂も美咲の両親も手をこまねくばかりで、ただ、静観するだけだった——」

「元はと言えば、俺が原因なので。マッチポンプみたいなものです」

氷見山さんは、かつて憧れた、理想に燃えていた頃の夢を取り戻そうとしている。

一度は挫折し、心折れ、諦めた。立ち上がるには、どれほどの勇気を必要としたのか分からない。俺は氷見山さんが進むはずだった道を捻《ね》じ曲げた。残酷な仕打ち。

けれど、氷見山さんは決して俺を責めたりはしなかった。これまでの時間が、糧になるはずだからと。三条寺《さんじようじ》先生も同じことを言っていた。それは、必要だった遠回り。

痛みを知ったからこそ寄り添える。痛みを知ったからこそ生徒を思いやれる。

俺にだって分かる。きっと氷見山さんは素敵な教師になる。確かな予感があった。

今、氷見山さんは目的に向かって邁進《まいしん》している。忙しいのだろう。以前のように頻繁に遭遇することは減ったが、毎日のようにセクシー画像が送られてくる。それを毎日のように悠璃《ゆうり》さんが発見しては削除している。俺が夜中に、毎日のようにこっそり画像を復元していることは内緒だ。送ってくれた氷見山さんに悪いしさ。邪《よこしま》な気持ちはないんだよ。

「再会は運命。導かれるかのように出会い、そして人生が好転していく。ほとほと面白い星の下に生まれた男よ。君が推薦してきた、あの東城《とうじょう》もよくやっておる」

　東城というのは、利舟さんの跡を継がされそうになった俺が人身御供《ひとみごくう》にした東城英里佳《えりか》先輩のパパだ。俺的には厄介ごとを回避し面倒を押し付けられたので万々歳だが、東城パパこと秀臣《ひでおみ》さんからは、感謝と共に英里佳先輩を押し付けられそうになっている。

　可哀想《かわいそう》に東城先輩にだって選ぶ権利くらいある。ただでさえ意に反するお見合いに困っていたのに、そのような柵《しがらみ》から解放されて自由に生きて欲しいものだ。

「我が家では、何か困ったら、とりあえず君に任せればいいというコンセンサスが形成されつつある。いっそコンサル契約でも結ぶか？　十年契約くらいで」

「あれもこれも持ち込まれても困ります」

　利舟さんが噴き出していた。この爺《じい》さん、滅茶苦茶《めちゃくちゃ》元気だ。

「そうじゃのう。まずは溜《た》まっている分を清算しなくては。働きには報酬が必要。とはいえ、単に金銭など支払ってもつまらん。そこで、今日はここに来てもらったわけじゃ」

「だから何処なんですかここ？」

　利舟さんが合図をすると、白馬の隣にいた人が、馬を引いてこちらにやってくる。

「実は、儂は馬が趣味でな。長年、馬主をやっておる。そんな儂でも白毛の馬は初めてじゃ。見よ、この艶のある見事な毛並み。ほれ、お主も触ってみんか？」

　のんびりした雰囲気のお馬さんが、つぶらな瞳でジッと俺を見ていた。

　促されるまま撫《な》でてみると、ヒヒーンと喉を鳴らし、そのままスリスリしてくる。

「……もしやと思ったが、動物にも好かれる体質か」

「人間には嫌われる体質なのにね！」

「また異な事を」

利舟さんが唸《うな》っていた。確かに俺はやたら動物に懐かれる。雪華《せっか》さんの家に行くと、ウサギのフリードリヒ二世も、しょっちゅう俺の膝の上でうんちをプリプリしてくる。

そんなフリードリヒ二世に嫉妬した雪華さんが、逆バニーで登場するのがお約束だ。

あ、雪華さんは、うんちをプリプリしないよ？　名誉の為《ため》に言っておきます。

でもこの前、露出度の高い恰好《かっこう》ばかりしてるからお腹《なか》が冷えて（ここから先はＮＧ）

「まぁ、よい。貴重な白毛の馬じゃ。君は競走馬に興味はあるか？」

「興味も何も、俺は未成年なので馬券を買ったりできません」

「クカカカカ。それもそうか。そもそも、お主が高校生なのが何かの間違いじゃな」

間違ってない。この俺、九重雪兎《ここのえゆきと》君は、れっきとした高校一年生なのだ。

ただ未成年かどうかはともかく、九重家の家訓はギャンブル厳禁なので、成人したとしても競馬に手を出したりはしないと思う。ご先祖様に申し訳が立たない。

「そろそろ入厩《にゅうきゅう》じゃが、そこで儂は考えた。相応《ふさわ》しい報酬とは何か？　馬主の特権は馬に好きな名前を付けられることにある。どうじゃ、ワクワクしてこんか？」

「嫌な予感で俄然《がぜん》ワクワクしています」

利舟さんの表情は悪戯心《いたずらごころ》に満ち溢《あふ》れている。ニヤニヤしながら、高らかに宣言した。

「この馬の名前は『ヒミヤマユキトオー』じゃ！」

バーンと、世紀の大発表の如《ごと》きテンションで命名された『ヒミヤマユキトオー』。

「ダサすぎて草」

ヒミヤマユキトオーは我関せず干し草を食べている。草生やしとこ。ＷＷＷＷ
「登録可能な競走馬の名前は二文字以上、九文字までと決まっておってな。ここ数日、悩み抜いた結果、これぞベストな名前に決まったと自画自賛しておる」

「これだから無敵老人は」

やりたい放題も甚だしい。競馬には詳しくないので分からないが、レースのとき、実況でヒミヤマユキトオーの名前が連呼されたりするのだろうか？　憤死不可避だ。

「これまでの礼でもある。『ココノエユキトオー』という名前も考えたが、安易すぎて、流石《さすが》にそれだと、すぐにお主のことだと気づく者が大勢いそうじゃし配慮した」

「配慮するなら、せめてユキトオーの方を配慮して欲しかった……」

ガックリ項垂《うなだ》れていると、ヒミヤマユキトオーがパカパカと励ましてくれる。

ありがとう。優しいんだね、ヒミヤマユキトオー。（ヒヒーン）

「なんなら、お主も美咲と結婚して、氷見山雪兎になってくれてもいいんじゃぞ？」

「ヒヒーン」

俺も嘶《いなな》いてみた。

「今はまだ年齢的にも婚約という形になるとは思うが、いずれはな」

いずれどうなるって言うんだよ！　強引すぎて怖いよこの一族！

「と、まぁここまでは儂が勝手に用意した報酬じゃが、お主は何か希望がないのか？」

好き勝手にお馬さんと戯れていると、利舟さんがそんなことを言い出した。

利舟さんだけではなく、氷見山さんのご両親からも改めてお礼を言われるなど、今回のことに大層、恩を感じているらしい。あくまでも決断したのは氷見山さんだ。俺はほんの少し、その背中を押しただけ。過去ではなく、未来を向けるように。

「報酬なんていりませんよ」

「そういうわけにはいかん。礼には礼を返さねば氷見山の名が廃るというもの。ふむ。ならば、大きなつづらと小さなつづらでも用意するか？」

「舌切《したき》り雀《すずめ》ですか。中身は何が入ってるんです？」

童話では何かとありがちだが、小さいつづらを選んだ方が謙虚で美徳みたいな価値観、ナンセンスだね。大きいつづらを選んでもいい。ケースバイケースというものだ。

「大きいつづらには大企業の株券、小さいつづらにはスタートアップ企業の未公開株」

「生々しくて素直に喜べないな……」

なんて現代的なつづらなのか。将軍と越後屋が悪巧みして、和菓子の箱を開けたら大判小判という古き良き時代が懐かしい。経験してないけどさ。

「お主の力になれることなら、どんなことでも助力は惜しまぬ」

利舟さんに全力を出されたら、大抵のことはどうにかなってしまう。

何かないかとしばらく考えた結果、一つだけ思いついたことがあった。

「そういえば、土地を探しているのですが、なかなか条件に合う所がなくて」

「土地？　事業でも起こすのか？　よし、幾らでも融資しよう。銀行にも誘いを――」

「即決するのやめてくれます？」

氷見山さん一族の俺に対する好感度どうなってんの？

現実から目を背けつつ、利舟さんに事情を話した。事業を起こすつもりなど毛頭ない。

ただ単に家族で住む注文住宅を建てる土地を探しているだけだ。

「儂くらいの歳《とし》になると、マンションの方が楽だったりするんじゃがなぁ」

「マンションは利便性が良いですからね。防犯面でも安心だし。母さんもそんなに広い家を建てるつもりはなくて、四人くらいで住める機能性重視の家を目指しています」

郊外の大きな住宅にも憧れるが、調べてみるとそれはそれで苦労があるようだ。

いったい何世帯で住むことを想定しているのか、田舎で見かける8ＬＤＫや10ＬＤＫといった広大な豪邸は、ロマンに溢れる一方、不便極まりないという。

特に現代は、お盆やお正月に親戚一同が集まって交流を図るといった文化も薄れつつある。ましてや九重家の場合、付き合いのある親戚筋も母さんの方だけだし、そんなに部屋があっても、持て余すだけで分不相応だ。精々、客間が一つあればいい。

掃除に時間が掛かるし、庭に雑草が生えれば駆除が必要。庭木の剪定《せんてい》だって定期的に行わなければならない。家の維持も大変で、移動手段は車が必須。

そういったこともあり、ライフプランにおいては、結婚し子供が成長するまでは一軒家で暮らし、老後は利便性の高い都市部のマンションに移るという選択も一般的らしい。

九重家では、広さを求めない代わりに、利便性との両立を目指したわけだ。

「なるほどのう。……儂が持っている土地を譲ってもいいが、四人だと分筆しないと広すぎるか。いや、分割してその中に美咲が住める家を建てるという案もあるか？」

「ないけど」

なにそれ怖い。リアルお隣熟女様だ。氷見山さんを熟女というには各方面から語弊があるが、そんなことになったら確実に通い妻ならぬ通い雪兎君になってしまう。

「あい分かった。儂に任せるがいい。これでも顔は広くてな。それなりに人脈も築いてきた。必ずや、お主が満足できる土地を見つけてこよう。——オプションもな」

「不穏な言葉付け足してくるじゃん」

孫ＬＯＶＥな利舟さんのことだ。何かしらの罠《わな》が仕掛けられている可能性もある。

土地探しを手伝ってくれることは有難いが、油断は禁物かもしれない。

だが、何よりも重要なのは母さんが喜んでくれるような土地を見つけることだ。

親孝行検定一級を目指すべく、俺も妥協はしない！

決意を新たにしたところで、いい加減にこの謎を解明せねばならない。

「で、そろそろ教えて欲しいんですけど、だからここって何処《どこ》なんですか？」

早朝、迎えの車がマンションの前に停車したかと思うと、俺はアイマスクを着けられここまで連行されたのだった。何故《なぜ》そんな手の込んだ真似《まね》をしたのか聞くと、利舟《りしゅう》さんが動画サイトのドッキリ企画を見て、真似してみたくなったらしい。お茶目か。

過去はともかく、今となっては、老後に暇を持て余している厄介ジジイである。

しかし、この利舟さん。俺の動画チャンネルでもスパチャしまくってくれるので蔑《ないがし》ろにもできないのであった。みんなも、チャンネル登録・高評価お願いしまーす。

◆

「なんと、先生とお知り合いなんですね！」

眼鏡でチャーミングな事務のお姉さんが、口に手を当て驚く。お上品だった。

相談したいことがあり、女神先生のオフィス、『不来方《こずかた》法律事務所』にやってきた俺だったが、こうしてみると、なるほど。確かに女神先生は弁護士だった。

真新しいソファー、清掃の行き届いた清潔な室内。自然と背筋が伸びる。

女神先生は、二年前に大手から独立し、現在の法律事務所を立ち上げたらしい。

若くして法曹界の女神と呼ばれるだけある優秀さだ。普段はあんななのにね！

「少し前に、縁があって知り合ったんです」

「縁ですか……？」

不思議そうに首を傾《かし》げる事務員さんは何とも可愛《かわ》いらしい人だった。

こういう人を癒し系と呼ぶに違いない。俺と女神先生の関係が気になるのか、ソワソワと聞きたそうにしている。出されたお茶をズズッと飲んだ。

果たして、俺と女神先生の関係をどう呼ぶべきか……。

年齢差から考えても、友達というにはやや不自然だ。温泉仲間、エチケット袋、妖怪フレンズ、様々な選択肢が思い浮かぶが、しっくりこない。——そこで閃《ひらめ》く。これだ！

「俺は女神先生の介護士です」

「介護士？」

「違うわよ！」

慌てた様子でやってきた女神先生がソファーに腰を下ろす。

弁護士と介護士の邂逅《かいこう》だ。

「もういいんですか？」

「待たせてごめんなさいね。——じゃなくて、うちの事務員に変なこと吹聴《ふいちょう》しないで！」

「ただの事実じゃないですか」

「それはそうだけど！」

「そうなんですか先生!?」

お姉さんの眼鏡がずり落ちそうになる。そんなにショックだったの？

今の女神先生からは、飲んだくれて地面に転がっていた妖怪の面影はない。

「貴女《あなた》も、今聞いたことは全て忘れて。いい？」

「えっと……」

お姉さんがなんとも困惑した微妙な表情を浮かべている。女神先生が鋭い視線をこちらに向けていた。こうして無料で相談に乗ってもらっていることだし、ここは女神先生の顔を立てておくのが大人の対応というものだろう。でも、俺はまだ子供です。

「それで、今日はどうしたの？　というか、貴方《あなた》、いつも何かしら困ってない？」

「女神先生と違って俺はただの学生なのに、何故か相談事が尽きなくて……」

ひょんなことから知り合った俺達《たち》だが、女神先生が何でも相談に乗ってくれるというので、温泉旅行から戻った後、女神先生に困っていることリストを渡しておいたのだ。

今日は、リストに新しく追加された『新・困っていること』に対する相談である。

「……なんとなくだけど、君が人から頼られるのも分かる気がするわ。雪兎君、なんだかんだ優しくて面倒見がいいし。案外、弁護士なんて向いてるんじゃない？」

「弁護士ですか。考えたこともありませんでした」

将来など想像したこともないが、未来には、そんな選択肢もあるのだろうか？

「そのときは、うちの事務所に来なさい。歓迎してあげる♪」

パチンと魅惑的なウインクで☆を飛ばされる。

案外それもいいかもしれない。独立準備を進めている母さんの力にだってなれるだろうし、悠璃《ゆうり》さんや雪華《せっか》さんが困ったときに手助けできる。社会的地位は重要だ。

人は権威に弱い生き物だ。権力とは必ずしも悪ではない。

これまで家族には散々迷惑を掛けてきた。少しでも恩を返さなければ俺に価値はない。

「じゃあ、そのときは不来方雪兎《ゆきと》になるので、よろしくお願いします」

「ちょ、待ちなさい！　なんで君と結婚することになるわけ!?　しかも婿入りなの!?」

女神先生がガタリと立ち上がる。異議あり！

「え、だって一緒に二人三脚でやっていくって今――」

「そこまでは言ってないでしょ！」

「せ、先生、未成年の子に手を出すのは流石にマズいですよ！」

「出してないわよ！」

「そうですよ！　女神先生が出したのは手じゃなくてもっと別の――」

「うるさいうるさいうるさい！　それ以上言うとキスして黙らせるわよ！」

「何故、悠璃さんと同じ手段を……」

これは早急に【女神先生ちゅ～る】の用意をしなければ……。

「そんな……。先生が未成年の子と爛《ただ》れた関係になっていたなんて――」

「まだなってないわよ！」

「まだ!?」

事務員のお姉さんが仰《の》け反って変な姿勢になっていた。ノリいいなこの人……。

「俺に覆いかぶさってあんなに激しく暴れるから大変でしたよ」

酔っ払いを背負って運んでいる身にもなって欲しい。

「は、破廉恥です！　先生！」

「だから違うって言ってるでしょぉぉぉぉぉぉぉぉぉぉおおおお!?」
※不来方法律事務所はアットホームな職場です。

ひとしきり騒いだところで本題に入る。何故か全員が疲れていた。

「雪兎君、後でお説教ね」

「じゃあ、いつものホテルで」

「分かったわ」

「なんなんですか先生!?　本当はどんな関係なんですか!?　ねぇ、ねぇってば！」

女神先生が目を逸《そ》らしていた。この人、軽率な発言の自覚あるのかな？

「……それはともかく。いったいどんな相談事なのかしら？」

急にシャンとした女神先生だが、これまでの言動で台無しである。

しかし、頼れる大人であることには間違いない。端的に状況を説明することにした。

「女の子攫《さら》ってきたんですけど、これって何か問題になったりしますか？」

「ブフッ！」

女神先生が飲んでいたお茶を盛大に噴き出した。ポタポタとお茶まみれになるボク。

取り出したハンカチで顔を拭く。……濡《ぬ》れたTシャツは洗濯しないと。

「女神先生って、自分が出した液体を他人にかける性癖とかあるんですか？　あまりこういうことは言いたくありませんが、褒められたものではないかと」

「勝手に私を投稿雑誌に掲載されてる変態女みたいな扱いにしないで！」

よく分からないが、そういうものなのかもしれない。

「え？　でも、俺を汚してあんなに喜んでたのに……」

「フッ。ここまで私を辱めたのは、弁護士になってから君だけよ。誇りなさい」

「誇れるかなぁ？」

「言ってる場合ですか！」

事務のお姉さんが持ってきたタオルで優しく拭いてくれる。ご迷惑をおかけしてます。

顔面をフキフキされながら、改めて女神先生に詳細を話すことにした。


「――いやはや、それはまた随分と面倒なことになっているわね……」

話を聞き終えた女神先生が、困惑した様子で、盛大に溜息《ためいき》を吐《つ》く。

「実子誘拐？　連れ去り？　でも、この場合は虐待だから……認定されるかは――」

女神先生がブツブツと呟《つぶや》きながら立ち上がると、資料を手に戻ってくる。

「民事は専門じゃないけど、ちょうど今、大きくクローズアップされているのよ」

女神先生が見せてくれたのは、共同親権に関する資料だった。

現在の日本は単独親権だ。母親か父親のどちらかが親権を持つというものだが、実際は極めて母親が有利な制度になっている。専業主婦が妻側の不貞によって離婚になった場合でも、子供の親権にはあまり影響を及ぼさない程だ。それだけ強固に権利が守られているとも言える。尤《もっと》も、子供が十五歳にもなれば、子供の意向が優先されるわけだが。

つまり、おっさんが親権者変更調停を申し立てたとしても、俺も姉さんも「おっさんなんて知らんがな」であることを考えれば、無駄な労力でしかない。

それはともかく。母親有利の単独親権から、ここにきて共同親権への改正案が持ち上がっているのは、制度の悪用によるところが大きいらしい。※女神先生の解説。

それが、先程女神先生が呟いていた実子誘拐、連れ去りや、ＤＶ捏造《ねつぞう》による慰謝料の請求といった問題行動だ。それらをビジネスとして行う団体や弁護士との結託により、子供を奪われた父親や、海外に連れていかれ消息不明の子供など被害が続出しているという。

「話を聞く限りだと難しい状況ね……。証拠もなく親を訴えるなんてこともできないし、ましてや身体的虐待ではなく、心理的なものとなると、仮に証拠があったとしても――」

祇京《ききょう》ちゃんは中学生だ。苦しんでいるとは言っても、母親を相手に訴訟を起こすなど現実的じゃないし、それを望んでもいない。児童相談所に駆け込んだとしても、虐待認定も難しく、命に危険があるような切迫した状況でもない以上、相談止まりで動けない。

元々、親族間での問題に介入するのは困難だ。親族間では窃盗などの事件でも、親族相盗例と言って、法的に罪に問われないケースもあるなど、法の適用には限界がある。

「それで妹ちゃんを誘拐してきたの？」

「いやだなぁ。人聞きが悪いこと言わないでください。家出の手引きをしただけです」

左手の親指と人差し指と中指を立てる。女神先生がキョトンとしていた。

まさか再びこの法則が登場するなど誰も思うまい。

「九重《ここのえ》雪兎左手の法則です。親指が誘拐、人差し指が脅迫、中指が逃亡と——」

「やっぱり誘拐じゃない！」

そこで気づいたようにハッとする女神先生。

「待って。脅迫？　脅迫なんてしてないわよね？」

やれやれ。見くびられたものだ。俺だって、そこまで馬鹿じゃない。

「そんなことしませんよ。『娘は預かった。警察に言えば娘がどうなるか分かっているだろうな？』と、書いた手紙を机に置いておくように指示しただけです」

「それを脅迫っていうのよ！」

「!?」

「なんで、そこで『まさか!?』みたいな顔で驚けるのよ!?」

え、俺ヤバくない？　通報されたらアウトなんだが……。いいか、別に。

「まぁ、もう過ぎたことですし」

「切り替えが早すぎるでしょ！　楽観できる状況じゃないのよ!?　というか、これって、この話を聞いてしまった私にも責任の一端が……。このままじゃ共犯者に——」

「あ、そろそろ時間なんで帰りますね。先生」

「待ちなさい！　逃がさないわよ！」

そそくさと退出しようとする事務のお姉さんを女神先生が素早く捕縛する。

「放してください！　これから彼氏とデートなんですぅぅぅぅ！」

「嘘《うそ》おっしゃい！　貴女、ずっと彼氏いたことないでしょ！」

「ひどい！　たとえ事実でもセクハラ案件ですよ先生！」

「いったい、いつから日本はこんなセクハラ社会になってしまったのでしょうか？」

俺程セクハラされている人いる？　このままだとセクハラ界のカリスマになりそう。

「ワイドショーのコメンテーターみたいな中身のないことを言うのは止《や》めて！」

女神先生が眉間をグリグリと刺激しながら、何か打開策を考えているようだ。

「この場合は異母兄妹よね？　一応、二親等だから親族間の問題で押し通せる？　本人も望んでるし、虐待から保護したという名目なら通報されてもなんとかなるかも……」

発端はおっさんとはいえ、凍恋《とうれん》家の家庭事情にこうして首を突っ込んでしまった以上、なんらかの解決策を導き出さねばならない。姉弟なんて姉さんだけだと思っていた。腹違いの妹。そんな存在が、俺を兄だと慕って頼ってきたというのなら応えたかった。

――それは妹にとって、最後の希望だったはずだから。

「いっそのこと、養子縁組をして親権を君側が取る――なんて、簡単にはいかないか」

女神先生の言葉に雷鳴が轟《とどろ》く。外は至って晴天だ。

「親権者変更調停に対して養子縁組で対抗……？　面白いですねそれ！」

「待って、これ以上騒ぎが大きくなったら洒落《しやれ》にならないのよ！　分かってるの!?」

養子縁組？　なるほど。大聖母ことマザー母さんなら、祇京ちゃんが強く望めば、ありえるかもしれない。だが、転校だって必要だし、何よりもそれは両親との決別を意味する。

おっさんも祇京ちゃんの母親も認めないだろう。九重家と凍恋家の大戦争勃発だ。

そもそもおっさんは何故《なぜ》、俺の前に現れた？　俺を連れて行くことで祇京ちゃんの味方になって欲しかったのか？　椿《つばき》さんがそれを望んだ？　そんなことがあり得るのか？

分からない。少なくとも祇京ちゃんから聞いた話だけでは、解決には向かわない。

「あれ、スポーツ新聞を置いてるんですか？」

ふと、棚の上にスポーツ新聞が置かれているのが目に入った。来客用だろうか？

「あぁ、この子ったら熱狂的な野球ファンなのよ。球場で観戦するのが趣味なんだって」

へー。事務のお姉さん、野球好きなんだ。なんだか意外だ。

「お、お恥ずかしいです……」

「恥ずかしいことなんてないですよ。打ち込める趣味があるなんて素敵です」

「キュン♡　これは、恋――？」

「何を言ってるの貴女。さっきこれからデートだって言ってたじゃない」

「彼氏なんていません！　私、一緒に野球観戦に行ってくれる彼氏が欲しかったんです。スポーツバーとかも女性一人だと結構敷居が高かったりしますし……」

スポーツ新聞を手に取り、軽く目を通す。夏から秋にかけてペナントレースも激化していく。選手の成績や各チームの戦力分析といった記事は勿論《もちろん》のこと、今年、ＦＡを取得する選手やドラフトの目玉候補の話題など野球の記事が盛り沢山だ。

　事務のお姉さんはマスコットに鎖をつけて引きずったりしない善良なファンであって欲しい。そんなことを願っていると、一つの単語が目に入る。と、同時に天啓が閃《ひらめ》く。

「これだ！　これですよ女神先生！」

「ど、どうしたの急に？」

　目を白黒させている女神先生に、パンティークレーンで取ったお土産の白と黒の下着を渡しておく。事務員のお姉さんにも渡しておいた。いや、取りすぎて余ってたからさ。

　今にして思えば、何故、俺はあんなにも熱中していたのだろうか。パンティークレーンの魔力に取り憑《つ》かれていた。まさに人を虜《とりこ》にする悪魔の機械《マシーン》。

「親権者変更調停、養子縁組……そして『人的補償』。ククク ッ。勝ったな」

「人的補償？　Ａランクだったんですか？」

　事務のお姉さんが、天然ボケを炸裂《さくれつ》させているが、それどころではない。

　どうしてこんな簡単なことを思いつかなかったんだ！

　おっさんめ、そんなに俺が欲しいというのなら、凍恋家に行ってやろうじゃないか！

　だが、俺を頼って逃げてきた祇京ちゃんを連れて戻るわけにはいかない。

　俺は祇京ちゃんの人的補償。つまり、九重家と凍恋家のトレード。これだ！

　それに、人質交換は外交の基本だ。他国で捕まったスパイの保釈に、同じく自国で捕まえたスパイで交渉するのは日本以外の常識でもある。

「女神先生、早速ですが内容証明の準備をお願いします。内容は養子縁組で」

「ほ、本当にやるのそれ!? 大丈夫なのよね？」

「安心してください。女神先生にご迷惑になるようなことはしないので」

これぞまさに獅子身中《しししんちゅう》の虫。凍恋家にとっては到底受け入れられないだろうが、強硬手段に出たのはおっさんが先だ。この俺が本物の強硬手段というのを見せてやりますよ。

「はぁ……。なんだか君と出会ってから、私のイメージが崩壊している気がする」

女神先生が額を押さえていた。ハハッ、ナイスジョーク。

「？ どちらかと言えば崩壊というより、むしろ決壊と言った方が適切なんじゃ――」

「もぉぉぉぉぉおお！ そんなに根に持たなくてもいいじゃない！ 分かったわよ！ このお土産を着てくればいいのね!? それで満足してくれるのね!? 行くわよ！」

「えぇ!? 先生、私もですか!?」

「目にもの見せてやるから覚悟しておきなさい！」

女神先生がガシッと事務のお姉さんの腕を摑《つか》んで更衣室に消えていく。

常に冷静沈着、法廷の女神とも評される面影は微塵《みじん》もなかった。ウケる。

「よし、帰るか。これから忙しくなるぞー！」

決意を新たにし、不来方《こずかた》法律事務所を後にするのだった。

第三章「因果朗報」

The girls who traumatized me keep glancing at me, but alas, it's too late.

「もう一本、お願いします！」

鋭く放たれたパスを受け取り、ゴール下までドリブルをしながら駆け出す。

そのまま勢いよく飛び上がると、神代《かみしろ》はシュートを決めた。

「ナイスシュート、神代さん！」

背中越しの掛け声に、神代は手を振って返す。ポニーテールがふわりと揺れた。

夏の日差しが体育館を照らす。しかし、それとは異なる熱気がそこにはあった。

鬼気迫る様子で練習を続ける神代。それはこれまで女バスの部員達《たち》が見たことのない姿だった。恵まれた体格、卓越した運動センス。そしてなにより、溢《あふ》れんばかりの才能。

だが、そんなことは重要ではないのだと、その場にいる者は理解していた。

弾《はじ》けんばかりの笑顔が溢れていた。楽しいと全身で表現していた。ただただ魅力的で。

表情に宿る充実感と強い意志。研ぎ澄まされた個としての存在。

圧倒的な存在感と輝きで、周囲の視線を釘付《くぎづ》けにする。

――それが今の神代汐里《しおり》という少女だった。

「お疲れ様。はい、これ」

「ありがとうございます！」

三年生の部長がスポーツドリンクを手渡す。笑顔で受け取り、頭を下げた。

「それにしても急にどうしたの？　随分と頑張ってるけど」

勿論、これまでだって真面目にやっていた。変わったのは向き合い方だ。

「私達から誘っておいてなんだけど、貴女《あなた》は男バスから引き抜いた助《すけ》っ人《と》外国人みたいなものだし、そんなに無理はしなくてもいいのよ？　怪我《けが》なんてしたら――」

「心配してくれてありがとうございます！　でも、私がやりたいんです」

そう言ってはにかむ神代を部長は抱きしめる。

「なんて良い子なの！　契約金積むから移籍したりしないでね？」

「しませんよ！　あ、あの先輩、私、汗臭くて――」

「でも、九重君が返せって言うかもしれないし」

なんとか部長のハグから逃れようとする神代だが、その名前に動きを止める。

もともと神代は男バスのマネージャーだった。紆余《うよ》曲折《きょくせつ》あり、女バスに入部したが、まだ男バスのマネージャーは続けている。必要とされれば、いつだって戻るつもりだ。

「……ユキはそんなこと言いません。それに多分、それじゃあダメなんです。ユキの言葉に従っているだけじゃ、これまでと何も変わらないから」

少し前に、こっぴどくフラれてしまった。嫌いだと言われてしまった。

自分がしたことを考えれば当然で、傷つく資格すらない。

けれど、なんて、なんて優しい『嫌い』なんだろう。

だからこそ、彼のことが好きなのだ。神代はそっと胸に手をやる。

「今の私じゃ、ユキの隣に立てないんです。私もユキを幸せにしたいから」

「……そう」

部長は深く聞かなかった。分からなくていい。その必要もない。

ただ優しく一年生の頭を撫《な》でる。先輩の役割など、それだけでいい。

それは恋に恋する時期の終わり。

過去から現在《いま》へ。そして未来へと繋《つな》げる為《ため》の。

「神代さん、でもやっぱりちょっと汗臭いかも？」

「うわぁぁぁぁぁぁぁぁぁぁぁあああん！　なんてこと言うんですか！」

涙目で顔を真っ赤にする様子を、部員達は生暖かく見守っていた。


「痛っ！」

「大丈夫ですか!?」

二年生の部員が指を押さえていた。慌てて駆け寄ると、素早く患部を確認する。

「突き指しちゃったみたい」

「少し待っててください！」

鞄《かばん》を取りに行き、中からテープを取り出すと、丁寧に指を固定していく。

「へー。神代さん、手際いいのね」

「これでも男バスではマネージャーでしたから」

といっても、男バスでマネージャーとして特段何か活躍したわけではなかった。

だが、神代はこうした治療のイロハを雪兎《ゆきと》から学び、自分でも男バスの為に何かできることがないかと、日々勉強を欠かさなかった。その経験、知識は神代の中に残っている。

「ありがとう。このまま練習を続けられそうね」

「駄目です！　先輩、今日はこのまま帰った方がいいです。帰ったら、氷を入れた冷水で患部を冷やすのを繰り返してください。それを数日、続けるのがいいと思います」

「そうなの？」

「……多分、軽症だと思います。でも、私は素人だから、詳しいことは分かりません」

腫れが引かずに痛みが残るようなら病院に行った方がいいと伝え、先輩を家に帰した。

完全に癒えるまで、顧問と相談し部活は休んでいいことにした。

先輩を見送った後、練習を再開する。後遺症が残らないよう願うばかりだ。

「ごめんね？　貴女は部員なのに女バスでもマネージャーみたいなことをさせて」

謝る部長を慌てて制止する。突発的な事故。誰に責任があるわけでもない。

「私の方こそ勝手に行動しちゃってすみません！　でも、放っておけなくて。適切に処置しないと、突き指は重症だと元に戻らなかったりするので、心配だったんです」

居ても立ってもも居られなかった。気が付けば、身体《からだ》が咄嗟《とっさ》に動いていた。

「なんだか、こうも一年生におんぶにだっこだと、先輩として立つ瀬ないわね」

うんうんと頷《うなず》く先輩達。居心地の悪い空気に気恥ずかしくなり、話題を変える。

「さ、気を取り直して練習を始めましょう！　私は女バスを優勝させたいんです！」

「壮大な目標ねぇ」

遠い目をしている部長達。そんな様子に、神代は朗らかに笑った。

「頂点を目指すんです！　あくなき挑戦心。言うなれば私達はそう、頂女子《いただきじょし》！」

「待って待って待って！」

高らかに宣言する神代の蛮行を部員達が必死に止める。顧問も真っ青だ。

「ほへ？　どうしたんですか？」

「幾ら何でもそんなマニュアル売って逮捕されてそうな呼び名は禁止だから！」

「男性から積年の恨みを買ってそう……」

口々に上がる反対意見に神代は不満を漏らす。

「えー。目標が明確で恰好《かっこ》いいのに頂女子……」

「日本語の妙を恨むことね」

この後しっかり他の部員に教えてもらい、頂き女子を知った神代は深く反省した。

当然、頂女子は没となった。こうして平和は保たれたのである。よかったよかった。

◆

「そういえば神代さん、卒業後はどうするの？」

「……卒業後ですか？」

何気ない部長からの質問に答えを窮する。商品を棚に戻し、その場を離れた。

部長から誘われて、一緒に買い物に来ていた。部活とは関係ない個人的な付き合い。

「神代さんなら、将来、スポーツ推薦だって目指せそうだし、女バスを優勝させるなんて言い出すから、何かそういう目標ができたのかと思って」

将来の目標。大学に入って、それで……それで、私は何がしたいのかな？

何もない。空っぽの私。思えばそれは当然だったのかもしれない。

私が見ていたのは、私じゃなくてユキだったんだ。

――そして、それには、なんの意味もなかった。

「それにスポーツに関係することだけじゃないしね。知ってる？　スポーツ選手って、スポーツ選手じゃないときの方が長いの。それもそうよね。引退してからの方が人生は長いんだから。打ち込んできた人ほど、燃え尽きちゃったりしちゃうみたいよ」

部長の言葉には慮《おもんぱか》るようなニュアンスが込められていた。

（……ユキと同じだ）

しっかり私のことを見てくれている優しい人達。多分、部長は、熱心に取り組む私にブレーキを掛けようとしてくれているのかもしれない。自然と湧き上がる尊敬の念。

女バスに入部したのは、背中を追いかけているだけじゃ、いつまでたっても並べないと気づいたから。どれだけ傷つこうとも、ひたすらに前に進むユキは、人生経験を積み重ねている。それは言ってしまえば経験値のようなもの。

それがあるからユキは色んなことができる。挑戦を失敗を恐れない勇気。

それに比べて、ユキのことだけを見てきた私には何もない。何もしてこなかった。積み重ねてきたものが、ユキと比べてあまりにも薄っぺらい。

だから、ユキ以外に目を向けようと、自分の人生を生きようと歩き出した。

それは第一歩だ。ユキの隣で胸を張って歩けるようになる為の。

「心配してくれてありがとうございます」

「ん？　何のこと？　私は期待の新人の行く末を知りたくなっただけよ」

澄まし顔で躱《かわ》す部長。素敵な女性。頼れる自慢の先輩。

パチリと電気が走るように、胸の中に生まれた願望。

モヤモヤとしてまだハッキリとしない。でも、分かる。

それは――萌芽《ほうが》。大切な、初めて生まれた、私だけのオリジナル。

過去を思い出す。あの日から、ずっと答えは目の前にあったんだ。

ユキは最初から、私にそれを教えてくれていたのに――。

「これが、私のしたいこと――」

「ん？　どうしたの？」

なんでもないと首を振る。部長と一緒に買い物に戻った。でも、ずっと上の空で。高揚感にフワフワとした気持ちのまま、身を焦がすような希望に身を委ねる。

高鳴る鼓動、クリアになる視界。初めての経験。大地を踏みしめる。

踏み出した一歩は、確実に未来へと繋がっていた。

◇

空気が重い。息苦しさに自然と鼓動が速くなる。込み上げるような焦燥感。

ジトリと流れた汗が背中を伝い、Tシャツが張り付く。夏だというのに、外の気温とは裏腹に室内は薄ら寒い。空調の影響ではなかった。この場の異常性によるもの。

視界に広がる冥暗。壁には血が飛び散った跡、雑然とした室内、ノートに書かれた不可解な文字列、部屋の外から聞こえる微《かす》かな唸《うな》り声《ごえ》。現実と非現実の狭間《はざま》に突如現れた怪異。

虚構が現実を侵食していく。恐怖が感情を塗り潰していく。

――足を踏み入れたが最後、ここから出ることは誰も叶《かな》わない。

「こここここ、怖すぎるよお兄ちゃちゃちゃちゃちゃちゃちゃちゃん!?」

「おおおおちおちおちおちおちおちちおち、おちけつ」

「お義兄様《にいさま》こそ、落ち着いてくださいまし！」

「そうか」

落ち着いた。

「お義兄様の切り替え早っ!?」

トラス構造のように頑強な俺のメンタルを以《もっ》てすれば、瞬時に精神統一をするなど造作もない。俺はハードディスクの突然死に焦らない男、九重《ここのえ》雪兎である。

俺と祇京《ききょう》ちゃん、灯織《ひおり》ちゃんの三人は夏の風物詩を体験しに来ていた。

そう、ズバリ肝試しである。肝試しの肝とは、肝臓を意味する。つまり、なんらかの病気により肝臓を切除することになった場合、肝試しは不可能となる。（違います）

とはいえ、俺達《たち》は社会のルールを順守する至って健全な学生だ。肝試しの心霊スポットと言えば廃墟《はいきょ》などが多いが、大抵そのような場所は立ち入り禁止である。中学生を連れて行くなど言語道断、コンゴ横断。コンゴという国は、コンゴとコンゴ民主共和国の二つに分裂しているが、元は一つの国だった。悪《あ》しき植民地時代の影響は今も色濃く残っている。

そんなわけで、俺達がいるのは都内最大級のミッションクリア型お化け屋敷だ。

古民家を改修して作られており、見た目も中身も、如何《いか》にも本物っぽい、おどろおどろしい雰囲気に満ちている。謎を解き脱出を目指すが、こちらを追いかけてくる幽霊が徘徊《はいかい》していたりと、実にスリリングだ。ときには幽霊から隠れるといったアクションも求められるなど、お化け屋敷と脱出ゲームを融合させたような内容と言っていいだろう。

面白いのは、ストーリーが章立てになっており、クリアしたかどうかにかかわらず、現状で公開されている章のみでは全貌が明らかにならない。一度体験した後も、継続的に参加を促す工夫が施されていた。お化け屋敷も随分と進化したものだね。

「お兄ちゃん、怖くないの!?」

「こういうのは慣れてる」

所詮、俺の人生より怖いものはない。

夜中、髪の長い女がベッドに侵入してきて金縛りに遭うし、少し外出すれば妖怪と遭遇するくらいだ。たかだか幽霊如《ごと》き、慣れ親しんでいるというもの。

「おいたわしやお義兄様、これまでどのような凄惨な経験をされて——」

正午過ぎだが、太陽光の入らない室内は薄暗く、照明の光量も心許《こころもと》ない。

渡された懐中電灯で室内を照らすが、随分と頼りない代物だった。

「爽やかイケメンを連れてくればよかったか……」

奴《やつ》がいれば、眩《まぶ》しい顔面が部屋を明るく照らしただろうに……。

ガシッと両脇にしがみつく二人は本当に怖いのかビクビクしている。可愛《かわい》いものだ。

「俺は自宅で恐怖体験をすることが多いからな」

誰か俺を驚かせることに心血を注いでいる家族をどうにかして欲しい。

そんなことを思いながらも、この部屋から脱出するべくヒントを探す。

「扉には鍵が掛かってると、当たり前か。脱出ゲームだもんな。なるほどなるほど」

「祇京ちゃん、どうしよう?」

「ま、まずは室内を探索して情報を集めませんか?」

いつまでも俺に抱き着いているだけでは進まない。制限時間は三十分しかない。その間にミッションをクリアして脱出を目指す必要がある。別にミッション失敗でも呪い殺されたりはしないので安心だ。当日、再度挑戦することも可能だし、日を改めることもできる。

怯《おび》えた様子で、これ見よがしに置かれているヒントから謎を解こうと奮闘する二人。なんとも微笑《ほほえ》ましい。ホラー空間に似合わず、ほのぼのした気持ちになってしまう。

「お義兄様は、もしかして既に謎が解けたのですか？」

「名探偵お兄ちゃんすごー！」

驚愕《きようがく》している二人にニヒルに告げる。こんなもの謎でもなんでもない。

「いいか？　謎なんてそんなものは大したことじゃない。脱出は簡単だ」

懐から精密ドライバーを取り出す。鍵のかかったドアに行くと、ドアノブをガチャガチャと回す。元が古民家だったからなのか、防犯性の低い普通の円筒錠だ。

「このタイプの鍵なら簡単だ。まずはドアとドアノブの間に設けられている小さな溝にマイナスドライバーを差し込み持ち上げると、カバーが外れる。次は上下のネジを――」

『趣旨に反する攻略はおやめください』

「はい」

部屋の外から幽霊に注意された。律儀な霊だ。注意事項は守ろうと思います。

「お兄ちゃん……」

灯織ちゃんが困ったような目で見ていた。すみませんでした。

だってしょうがないじゃん！　脱出するならこれが一番手っ取り早いかなって。

「そもそもどうしてそのような不要な知識を……」

勿論《もちろん》、自室に鍵を設置しようとしたからだ。反対多数で否決されたが、姉さんの場合、設置が簡単なチューブラ錠など一瞬で開錠してしまいそうな為《ため》、結局無意味かもしれない。

「さて、謎でも解くか！」

心機一転、謎解きに興じる。置かれている新聞の日付は、昭和時代のものだ。

五十年前に起こった一家惨殺事件の記事。その中で唯一、見つからない次男の遺体。

犯人は既に逮捕されており、間違いなく次男も殺害したと供述している。

ならば、その死体は何処《どこ》にいったのか？　殺したはずの足らない死体の行方。

なんとも趣向を凝らした設定だ。次男は実は生きていたのかもしれない。

断片的なヒントから情報を整理していく。謎を解き明かすうちに、過去に起こった事件の真相に近づいていく。犯人は、そして遺体は。案外、しっかり設定が練られている。

それにしても、ミステリーのお約束と言えば、ダイイングメッセージだが、死の間際に複雑な推理を要する暗号化したヒントを書き残すなど、意外と余裕あるのが笑える。

「灯織ちゃんこっちこっち」

「何か見つけたのお兄ちゃん？」

手招きすると、やってきた灯織ちゃんが、俺の手元を覗《のぞ》き込む。事件当時の新聞と、ノートに書かれた不可解な文字列。丁寧に読み解けば謎は解けるはずだ。

「ふーむ、これは何に使うんだろう？」

ガチャリと開けた引き出しの中から、アイテムを取り出し祇京ちゃんに渡す。

「ううう。祇京は馬鹿なので、全然分かりません……」

「もし取り憑《つ》かれても邪涯薪《じゃがいまき》さんがなんとかしてくれるから、大丈夫だって」

持つべきものは知り合いの陰陽師だ。

「あー！　お兄ちゃん、やっぱりもう解けちゃったの!?」

解けてはいるが、何もかも俺が全て解いてしまっては興ざめというものだ。

それに多分、ミッションは失敗する。俺達がいるのは最初の部屋だが、古民家全体が舞台となっており、この部屋を出た後も、リビングやキッチン、トイレに風呂、さらには二階に上がったりと、クリアしなければならない部屋は続いていく。

ここまでで十五分近く経過していた。クリアするには制限時間三十分はあまりに短い。最初から何度も遊べるように設計されているのだろう。徐々に攻略していけばいいさ。

「ギャー！　なんかこれヌルッとして卑猥《ひわい》だよお兄ちゃん！」

「お義兄様、こここ、これ人間の指ではございませんか!?　ヒッ！　窓を叩《たた》く手が!?」

ドタバタと襲い掛かってくる恐怖体験に悪戦苦闘しながら答えを探す。

二人が謎を解き最初の部屋を脱出した頃には、きっかり三十分が過ぎていた。

「……難しゅうございます」

「ぶーぶー。お兄ちゃん、もっと手伝ってよー！」

しょんぼりしている祇京ちゃんと、プンスカしている灯織ちゃん。

「……恥ずかしながら、あまりの恐怖に少しばかり粗相を」

「え、祇京ちゃん、それって漏ら――」

薄暗い古民家から外に出ると、ギラギラした夏の日差しと数時間ぶりの対面だ。

「モラリストと出会うのは女神先生以来か」

「むしろ、非道徳的な行為だよお兄ちゃん……」

でも、怖いものはしょうがないさ。生理現象を責めたりはできない。

そんな中でも、恐怖を撥ね除《の》け、二人は一生懸命に立ち向かっていた。

俺は最低限ヒントを出すに留《とど》めたが、手助けは必要なかったかもしれない。

「ちゃんと謎は解けてたし、次回、再挑戦だな」

不満げだった灯織ちゃんがニッコリ笑う。

「うん、そうだね！　また一緒に来ようねお兄ちゃん！」

「次はもっと大人数で挑戦するか」

今回は三人だったが、一度に参加できる人数の上限は決まっている。参加者が多いほど、推理や意見交換が活発になり、謎解きも捗《はかど》るはずだ。

「じゃあじゃあ、今度はお姉ちゃんも連れてくるね！　最近のお姉ちゃん、デスクワークばっかりだから体重が増えてデブってるんだよ？　お風呂上がりにショック受けてた」

子豚っぽい灯凪《ひなぎ》を思い浮かべる。丸々肥えてて、それはそれで可愛い。

「よし、今度、ケーキを差し入れしよう」

「さっすが、お兄ちゃん！」

定期的に灯凪の重大な秘密を暴露してくれる灯織ちゃん。姉妹仲は良化に向かっているはずだが、ところどころ毒が漏れ出している。姉妹仲良くしてください。

灯織ちゃんと灯凪の体重論争で盛り上がっていると、祇京ちゃんが俯《うつむ》いてるのに気づいた。表情が何処となく暗い。女性に体重の話は無神経だったかもしれない。

「疲れた？　何処かで休憩しようか」

「い、いえ。そうではなく……」

「どうしたの祇京ちゃん？」

灯織ちゃんが心配そうに、祇京ちゃんの顔を覗き込む。

「……祇京にも、次があるのでしょうか。怖くなってしまいました。こんなに楽しいと思える時間が終わってしまうことが。またいつものように、辛《つら》いだけの毎日に戻ることが」

必死に言い聞かすように、微かな希望に縋《すが》るようにポロリポロリと涙を零《こぼ》す。

決して同情はしない。安易に慰めることも。それじゃあダメなんだ。そんな考え——。

「違うよ祇京ちゃん！」

「灯織さん？」

灯織ちゃんが手を取り、強い意志を秘めた瞳を向ける。

「次があるかどうかは祇京ちゃん次第でしょ？　自分のことは自分で決めるの。他の誰かじゃない、毎日が辛いなら、それを変えられるのも祇京ちゃんしかいないの！」

言いたいことを先に言われてしまった。手持無沙汰になり、言葉を飲み込む。

けれど、これでいいのかもしれない。灯織ちゃんからの言葉の方が伝わるはずだ。

逃げることは悪いことじゃない。ときにそれが必要なことだってある。助けを求めることだって重要だ。だが、逃げ続けるだけじゃ何も解決しない。そうしているうちに、いつしか逃げ道すら失って、向き合うことに臆病になっていく。

「ですが、祇京には何もないのです！　誇れるものが、この手で摑《つか》めるものが！」

小さな手を精一杯伸ばして、けれど欲しい物は手に入らなかった。

母親から全てを否定され続けてきた少女。自信を失い、怯えながら生きてきた。

それでも、母親を嫌えずに、苦悶《くもん》し、雁字《がんじ》搦《がら》めで。

どうしていいのかも分からずに、救いを求めた。

人は誰しも何者かになりたいと願っている。

ならばそれを、誰が認めてくれるのだろうか。いつ認めてくれるのだろうか。

味方を探して、俺を見つけた。けれど俺は、ずっと味方でいることはできない。

妹の庇護者《ひごしゃ》になれるのは、俺じゃない。

妹が流す涙を見ながら、そっとスマホを手に取った。

◆

灯織《ひおり》ちゃんと別れ、そのまま家に帰ろうと思ったが、沈痛な面持ちの祇京《ききょう》ちゃんをこのままにしておくわけにもいかない。夕方に差し掛かっていた。まだまだ時間はある。

「これから何処か行きたい所ある？」

しばらく考え込むと、予想外の答えが返ってくる。

「お義兄様《にいさま》に街を案内して欲しいです！」

「それでいいの？」

妹がコクリと頷《うなず》く。気分が晴れるように映画館やボウリングのような、エンタメ施設にでも行こうかと考えていたのだが、思いがけずシンプルな希望だった。

案内と言っても、この街に、これと言って特徴的な施設があるわけでもない。災害時の避難場所とか紹介してもしょうがないし、どうしようかと思案していると、ふと思いつく。

「行こっか。手、繋《つな》ぐ？」

「は、はい」

おずおずと小さな手が俺の手に重なる。俺より少しだけ高い、伝わる体温。

それはまるで、本当に兄妹のように、自然だった。

「子供っぽいかな？」

「祇京はまだ子供ですので構いません」

「それもそうか。俺もまだ未成年だし」

繋いだ手に力込める。この温《ぬく》もりを放したくなかった。

お義兄様の小さな歩幅が、私に合わせてくれていることが分かって、胸が温かくなる。

目的地に向かって、テクテクと歩みを進める。ゆっくりとした時間が流れていた。

「なんだか、昔、こんなことがあった気がする」

「——祇京も、そんな気がします」

少しだけ嘘《うそ》。本当は鮮明に憶《おぼ》えている。こうして歩いた時間を。

あの頃から、求めていたのかもしれない。兄妹がいる周囲の友達が羨ましかった。きっとその子達《たち》は、一人っ子の私を羨ましいと思っていたのだろう。ないものねだりの空想。

兄や姉がいてくれたら、私はどうなっていたのだろう。母はもっと優しくしてくれたのだろうか。或《ある》いは、今と変わらずに呆《あき》れられていたのかもしれない。

「着いた」

兄が足を止めたのは、何の変哲もない場所。黄昏《たそがれ》に染まる空が紅《あか》く彩る。

キョロキョロと見回してみるが、あまり人気はない。犬を散歩している老人を見かけただけ。石碑なども見当たらない。何か歴史的な由来があったりするのだろうか。

「ここは俺が幼馴染《おさななじみ》にフラれた場所だな」

あまりにも自然な口調に聞き逃しそうになる。しばらくして、脳が理解する。

「お義兄様が？」

「まぁ、身の程知らずだったということか」

苦い思い出――では、ないのだろうか？　お義兄様は至って平常心で、そこに感情の揺らぎは見えない。まるで、そうあることが自然だと思っているような――。

「よし、なら次はあそこに行くか」

思考が疑問に埋め尽くされる。どうしてここに連れてきたのか。何か意味があるのだろうか。深入りすることは憚《はばか》られた。手を引かれるまま歩道橋を渡る。

「ストップ。ここから落ちて、腕を骨折したんだ。ここだけの話、正直、アレは痛かった。汐里《しおり》が無事だったからよかったが、階段を下りるときは、気を付けてね？」

「はい！　えっと……もう、大丈夫なのですか？」

分かり切っている質問。今のお義兄様は怪我《けが》をしているようには見えない。

「数年前の話だし。じゃあ次」

歩道橋を降り、またしばらく歩く。確かに私は街を案内して欲しいと言ったが、これは違う気がする。かといって、それを口に出すこともできない。

けれど、私は朧気《おぼろげ》ながら理解し始めていた。もしかしたら、これは、お義兄様の歴史なのではないかと。辿《たど》っているのはお義兄様の人生であり思い出。それを見せてくれている。

次に立ち止まったのは公園だった。殺風景で何処にでもあるような公園。

「撤去されちゃったけど、昔は遊具があってさ。その上から落ちて大怪我したんだよ。今でも傷痕が残ってるけど、あんな凄惨なグロ現場を見せてしまった悠璃《ゆうり》さんとお友達には申し訳ないことをしてしまった。トラウマになっていないことを祈るばかりだ」

公園を出て少しだけ歩いたところで、お義兄様が立ち止まる。

「その後、ここで攫《さら》われるし。病院に連れて行ってくれるのかと勘違いしてしまった。アレはいったいなんだったんだ……。結局、すぐ解放されたけど、永遠の謎だな」

「あの、話についていけませんお義兄様……」

オロオロしながら、お義兄様に進言するが、まったく意に介さない。

「まるで少年探偵が出没する街のような治安だ」

「なんだか午前中と午後の二回事件に遭遇しそうです」

その後も、お義兄様は私の言葉通りに街を案内してくれた。

「ここで脚を深く切って、七針縫ったんだけど、冷泉《れいぜい》先生に滅茶苦茶《めちゃくちゃ》怒られたなぁ」

「血塗られたスポット多すぎませんか!?」

「もしかしたら、俺はスペ体質なのかも。傷痕とか見る?」

「遠慮しておきます！」

身の毛もよだつエピソードを、のほほんと語るお義兄様。痛ましい出来事ばかりだが、お義兄様は平然としている。その姿に安堵《あんど》して、不謹慎ながら、そんなお義兄様の過去の一端を知れることが楽しくなってきていた。――でも。

もし自分なら、こんな風に、お義兄様のように、自然体で語れるだろうか。

凄惨な過去。不幸な自分を悲観し、塞ぎ込んでいるかもしれない。この世界を恨み、憎み、嫉妬し、悲しみを受け止めきれない。とっくに限界を迎えているだろう。

一緒に買ったクレープを食べながら、お義兄様の姿を見上げる。表情は至って普通で。

衝動に突き動かされるように、私は疑問をぶつけていた。

「……お義兄様は辛くなかったのですか？」

「辛い？」

まるで理解できないとばかりに、虚空を見上げる。僅かに悩んで、言葉を続けた。

「世の中っていうのは、何処《どこ》までも理不尽なものさ。願いは叶《かな》わず、希望は潰《つい》え、期待は裏切られる。それがルールみたいなものだな。――親が選べないのと同じだよ」

胸に突き刺さる。じわりと涙が込み上げてきた。お義兄様の言葉を認めたくなかった。

だって、それは、そんな世界はあまりにも――。

「残酷すぎるじゃないですか！」

お義兄様にぶつけてもしょうがない。それでも我慢できずに、感情を爆発させる。

そこで私は気づいた。私は望む答えが欲しかったんだ。可哀想《かわいそう》な私を、お義兄様なら救ってくれると、味方になって守ってくれると、そう言ってくれると信じて。

「理想を持っても、いいじゃないですかぁ……」

もっと、お義兄様に甘えたかった。お義兄様なら甘やかしてくれる。そう思って。

――私だけのお義兄様になって欲しかったのに。

お義兄様は忙しい。毎日のように誰かと会って、何かをしていて、家でもずっと作業をしている。お義兄様と一緒にいられるこの時間は何よりも貴重だ。

お義兄様は愛されていた。お義母様《かあさま》からもお義姉様《ねえさま》からも。そして慕われている。

灯織さんが言っていた。お義兄様ならなんとかしてくれると。

誰もがお義兄様を頼っている。——私のように。それは父でさえも。

本来なら、父はお義兄様に顔を見せるつもりはなかったはずだ。これまでしてきたことを考えれば仕方ない。けれど、父は頼るしかなかった。母だってそうだ。母に必要だったのはお義兄様で、私じゃない。私じゃ母を救えなかった。家族なのに、私の家族なのに。

「分からないんです！　どうすればいいかなんて、どうしたいかなんて！」

何が正解か、自分がどうなりたいのか、それすらも把握できないまま、流されるように、今この場所で、お義兄様に我儘《わがまま》を並べ立てる。面倒で、迷惑で、最低な妹。

そんな私の醜態に、お義兄様はただ静かに耳を傾けていた。

大きな手が頭の上にフワリと乗った。

「メンタルを鍛えることだ」

心の弱さを見透かされているようで恥ずかしい。厳しくも優しくて、胸を締め付ける。

「そろそろおっさんが焦《じ》れて姿を見せる頃か」

「え？」

お義兄様の見据えている先が、私には何一つ見えない。そのことが悔しかった。

母だって、お義兄様を頼るはずだ。その差を痛感する。

「帰ろっか」

言葉少なく、頷く。この先、どうなるのか分からない、暗闇の中を。

◇

「どういうことだ桜花《おうか》！　養子縁組など私は認めない！」

おっさんが俺達の前に姿を見せたのは翌日のことだった。

この場に来たのが、おっさんだけということは、もしかしたら、椿《つばき》さんは体調を崩しているのかもしれない。それとも、祇京ちゃんと衝突することを予想して、あえて連れてこなかったか。いずれにせよ、俺にとっては都合の良い流れだった。

リビングに迎え入れる。前回、マンションの手前で見かけたときとは雰囲気が異なる。隠しきれない疲労の色。あまり睡眠を取れていないのかもしれない。

一人娘を養子縁組するとか言われれば、それも仕方ないか。元々、養子縁組は、俺の案だ。反論しようとする母さんを制して、おっさんの相手は俺が担当する。

「妹はアンタ達、毒親から離れたがってるからな」

「毒親だと!?」

おっさんに胸倉を摑まれる。母さんと姉さんは一触即発だ。殺意が噴き出している。

「自覚あるやろがい」

「クッ！」

腹立たしげに、おっさんが手を放す。ここで妹を連れ帰させるわけにはいかない。

「やーいやーい毒親！」

雑に煽《あお》ってみた。

「貴様ッ！」

おっさんの怒りが臨界点を突破しそうだ。因《ちな》みに母さんと姉さんは既に突破している。

「互いに、少し距離を置いた方がいい。このままだと本当に娘から嫌われて、アンタ達は全てを失うことになるけど、おっさんはそれでいいのか？」

何もかもを捨ててきたおっさんにとって、それは絶対に不可能な選択だった。

妻と娘、それがおっさんの守るべき全てだ。

「………祇京に会わせてくれないか？」

憔悴《しょうすい》した様子で、言葉を絞り出すおっさん。

「じゃあ面会時間は三十秒で」

「おい！」

俺の部屋から、出てこないように伝えてある祇京ちゃんを呼びに行く。

父親の姿に、一瞬だけ安心したような表情になるが、すぐさま取り繕う。

「祇京、お前は——」

「やっぱり、お母様は来てくれないのですね……」

「それは違う！　椿は心労で動けないだけで――」

「もう聞きたくありません！　お父様もお母様も大っ嫌い！」

バタンと扉を閉じて、祇京《ききょう》ちゃんが部屋に引きこもる。いいよいいよー。

激しい拒否反応。娘から、ここまで強い自己主張をぶつけられたことはなかったのだろう。ショックを受けたのか、おっさんがその場にヘナヘナとへたり込んだ。

「酷《ひど》い母親ですね、まったく。子供が連れ去られてるのに取り返しにも来ないなんて。一緒に来て、祇京ちゃんを説得していたら、誠意が通じたかもしれないのに」

おっさんを見下ろしながら、つらつらと言葉を浴びせかける。

「違う、違うんだ……。椿はショックでずっと寝込んでいて、本当に動ける状況じゃ」

「そんなのはどうでもいいんですよ。結果が全てです」

メンタルの弱いおっさんに娘からの拒絶はクリティカルヒットしていた。

いい感じにメンタルブレイクしているところで、そろそろ本題に入らないと。

いつまでもこうしていてもしょうがない。目的を果たすことにするか。

「じゃあ、行きますか」

おっさんの腕を取り、立ち上がらせる。怪訝《けげん》そうなおっさん。

「だから人的補償ですって。妹が養子縁組なら、俺の親権はおっさんということで」

世界初、子供同士の交換だ。通信ケーブルで進化したりしないかな？

「は？　待て、雪兎《ゆきと》。お前はいったい何を言って――」

心配そうな母さんに抱きしめられる。

「行くの？」

「しばらくお世話になってくるよ」

母さんの手が震えていた。不安が心音を介して伝わってくる。

親権者がおっさんになっても、俺が母さんの子供であることには変わりない。

「……雪兎のこと信じて待ってる。だから、必ず帰ってきて。じゃないと、私、この男を殺してしまうから。――貴方《あなた》がいない世界なんて、耐えられないもの」

一筋の涙が母さんの頬を伝う。見惚《みと》れている間に、いつの間にか触れそうな唇。

ポケットから、【母ちゅ～る】を取り出す前に、キスされていた。

「……んっ……んんん………ん――――！」

ジタバタと藻掻《もが》くが一向に効果はない。そんな様子をおっさんが愕然《がくぜん》と見ていた。

「今度は私の番ね」

「いやあの、落ち着いて――このパターン飽きたって、んんっ……ん――――！」

今度は悠璃さんにキスされる。段々とテクニックが向上している。末恐ろしい。

息も絶え絶えにメロメロになる。ドッと疲れてしまった。疲労困憊《ひろうこんぱい》だ。

それにしても、数日出掛けるだけなのに、皆、心配性だなぁ。

「その……お前達《たち》は、いつもあの調子なのか？」

新幹線は快適だ。流石《さすが》におっさんも体調が悪く車で来る余裕はなかったのだろう。

おっかなびっくりに質問してくるおっさんに現実を教える。

「そんなわけあるでしょ」

「あるのか!?」

あるんだなぁ、これが。何故《なぜ》か、おっさんは苦悩しているようだ。

ははーん、待てよ。さては、脳が破壊されたな？

離婚したとはいえ、元妻が目の前で他の男性とキスしていたら、寝取られたような気分になってしまうものかもしれない。他の男といっても息子の俺だが。

憐《あわ》れおっさんの脳は破壊されてしまった。

「もしかして、まだ母さんに未練があるとか？」

「何を馬鹿な。そんなはずないだろう。……いや、どのみちそんなことが俺に許されるはずがないか。どのみち恨まれて憎まれるべき存在だ。考えるだけ無駄な話だよ」

「母さんが生理的に無理って言ってましたよ」

「うっ」

地味にダメージを受けていた。

「あ、姉さんも」

「カハッ!」

追加ダメージを与えておく。俺達からしてみれば、おっさんとの関係はそれが正常だ。厳しい言い方になるが、おっさんには家族としての資格がない。

「それにしても、お前は何を考えている?」

ダメージで瀕死《ひんし》になりながらも、おっさんが真意を探ろうとしてくる。

キャハハハハ。まさか養子縁組でやり返されると思ってはなかっただろうからな。

実際にはただのブラフとはいえ、こうして妹が九重家《ここのえ》に、俺が凍恋家《とうれん》に行こうとしている現状を理解している人間などいないだろう。距離を置いた方がいいというのも、一つの理由ではあるが、問題をさっさと解決するには本丸に乗り込み直接交渉が一番だ。

「その前に、聞きたいことが」

「何だ? 私も疲れてしまった。今更、隠し事をするつもりはない」

座席に深く腰を下ろして、溜息《ためいき》を吐《つ》くおっさんに、唯一分からなかった質問をする。

「どうして椿さんは急に祇京ちゃんを突き放したんですか?」

それだけがどうしても分からなかった。急に変心した理由。そしておっさんは俺達の前に姿を現した。実現するはずもない馬鹿げた真似《まね》をしてまでも。

「突き放したわけじゃない。見失ってしまったんだ」

目を瞑《つぶ》り、後悔と共におっさんは語り出した。

おっさんのついた小さな嘘《うそ》。それは椿さんと関係を持つ前に、おっさんと母さんの婚姻関係が破綻していたというものだ。椿さんを安心させる為《ため》、或《ある》いは自分への言い訳の為に、おっさんはつまらない嘘をついた。そして凍恋家も、その嘘を後押しした。

当時、元夫からのDVやパワハラによって精神科に通院するほど塞ぎ込み、心を病んでいた椿さんにとって、おっさんは救世主だった。椿さんの両親である凍恋家も、椿さんの現状に心を痛めていた。おっさんとの出会いで快方に向かっていることを誰よりも喜んだ。

椿さんにはおっさんが必要だった。そしてそれは、母さんよりも遥《はる》かにおっさんを必要としていたことを意味する。だからこそ、凍恋家は、母さんに多額の金銭を支払った。

それは言ってみれば違約金のような、母さんに対する最大限の誠意だった。

しかしそれでも、不義理は不義理だ。おっさんが全てを捨て、莫大《ばくだい》な慰謝料を払い、親戚や両親との縁を切ってまで見せた覚悟を凍恋家は歓迎し、密《ひそ》かに嘘は正当化された。

いずれその嘘が明らかになったとしても、その頃には椿さんが持ち直しているだろうと考えていた。欲しかったのは時間だ。そして、それは現実となる。

椿さんは俺達の存在を知ってしまった。夫が捨てた子供達。

昔から、優秀な兄や姉に劣等感を抱いていた椿さんは、祇京ちゃんに熱心な教育を施していく。そこには、兄姉や俺達に対するライバル心があったらしい。

証明したかったのだろう。幼い頃から期待され、家業を任された優秀な兄姉に対して、自由に生きることを許され甘やかされてきた自分という存在。椿さんが心から望んでいたのは、自由ではなく両親からの期待だった。鬱屈した思いを抱えたまま時が過ぎ、今度はおっさんには俺達という子供が存在していた。椿さんは負けたくなかった。比較されることを恐れた。だからこそ、一人娘の祇京ちゃんに手厚い教育を施し続けた。

そんな日々を送る中で、最近になり、はからずも俺が有名になった。

必然的に椿さんの目にも留まり、激しく嫉妬の炎を燃やした。

あぁ、また、またしても自分は敗北するのかと。いつだって惨めに負け続ける人生。

被害妄想にすぎないと分かっていても、その呪縛が心を縛り付ける。

祇京ちゃんにかかる期待はますます膨らみ、同時に支えきれない重圧となっていく。

俺を敵視、ライバル視していた椿さんだったが、疲弊していく祇京ちゃん、より教育にのめり込んでいく椿さんを心配していたおっさんは俺のことを調べていた。

そして、椿さんも知ってしまった。——俺の境遇を。

昔、雪華《せっか》さんは本気で俺を引き取ろうとしてくれていたことがある。それはまさに、おっさんが虐待されていると勘違いした時期の出来事だ。俺は微塵《みじん》も気にしていないが、それくらい関係が破綻していた時期があったことは事実であり、変えようがない。

故に、椿さんは見失ってしまった。これまで自分の全てを祇京ちゃんに託してきた。

自分のように、負け組の人生を歩むことを許さないと律してきた。

しかし、自分がおっさんを奪ったことで、俺は不幸になり虐待を受けている。

そう知ってしまえば、これまでのように敵視することなどできなかった。

それどころか、他者の幸せを奪い、無知なまま、自分だけが愚かにも不幸だと思い込みながら、滑稽に踊ってきた罪深さに耐え切れなくなった。

だからおっさんは突如、俺を引き取りたいと言い出し姿を見せた。そしてそれは同時に椿《つばき》さんの意思でもあった。椿さんは、俺が虐待を受けているなら、自分は継母《ままはは》として引き取ろうと本気で考えていたらしい。根は心優しい人なのだろう。メンタルが弱いだけだ。

母さんも姉さんも俺もメンタルが強いので、母さんの家系の血筋なんだろうね。

差し伸べようとした救いの手。そこにあるのは悪意ではなく善意。

困ったのは、祇京ちゃんだ。これまで椿さんの意思を継ぐべく英才教育されてきたが、その意義を失ってしまった。これまで誰にも負けないようにと一生懸命育ててきたが、競う相手がいないことに気づいてしまった。全てが無に帰した徒労感。

娘と、どう接すればいいのか分からない。祇京ちゃんは椿さん自身だ。映し鏡。自らの全てを捧《ささ》げ託した。しかし、その鏡に亀裂が入っていることに気づいても、手遅れでどうすることもできずにいた。椿さんは苦しみ抜いた。

そして、おっさんは俺を求める。なるほど、確かに俺がおっさんの家に行くことになれば、祇京ちゃんの味方になることも、椿さんの贖罪《しょくざい》も叶《かな》う。

実際には、虐待など受けていないし、俺は家族大好きっ子なので、そう上手《うま》くはいかないのだが、それはおっさん達には知る由もない事情だ。

そこまで聞いて浮かんだ感想は、至極簡潔なものだった。

「しょーもな」

「フン、そうだ。否定などしないさ。俺達はこれまで何をやってきたのか……」

おっさんの目尻には涙が浮かんでいた。おっさんもまた何一つ上手くいかない人生に苦しんでいた。全てを捨て、求めたたった一つの幸せさえも手から零《こぼ》れ落ちる。

「要するに、仲直りしたいってだけじゃん。なんとかなるでしょ。妹の頼みだし」

かねがね思っていたのだが、『要するに』を使う人って、全然要約できてないよね。要するに信用ならない人間が使うワードの一つだ。要するにわざわざ要する必要ないし。

「雪兎、お前はどうしてそんなに……」

おっさんの目が何処《どこ》か信じられないものを見るような畏れを帯びる。

「八つ橋、飽きたな……」

電車の中で食べすぎてしまった。口の中が甘すぎる。ポリ茶瓶、売ってないかなぁ。

◆

『えー！　それでお兄ちゃん、一人で行っちゃったの!?』

お義兄様《にいさま》の部屋で、一人、灯織《ひおり》さんに事の顛末《てんまつ》を電話で相談する。

お義兄様が予想していた通り、父が私を取り戻しにやってきた。そこに母がいなかったことに落胆を隠せなかった。やはり、母から私はその程度にしか思われていない。

その事実が私の価値を証明しているようで、自暴自棄になりかけた。

このまま連れ戻されるのかもしれない。そう思っていたが、お義兄様にそのつもりがなかったことに、ホッと息を吐いた。部屋に隠れているように指示され、お義兄様は父をあっさりと説得してみせた。そしてどういうわけか、お義兄様だけが父と一緒に母《かあさま》の元へと戻ることになった。お義兄様が何をしようとしているのか分からない。お義母様にも尋ねたが、困ったような笑みを浮かべるばかりで、答えは得られなかった。

詳細を話し終えると、灯織さんが考え込む。

『お兄ちゃんがすることなんて誰も予想できないけど、でもなんだろう……。うーん』

「どうしたんですか？　何か気になりますか？」

快活な灯織さんにしては珍しい、奥歯に物が挟まったかのような言い回し。

『私には分からないけど、祇京《ききょう》ちゃんは、それでいいの？』

「お義兄様が全て任せるようにって――」

何が良くて、何が悪いのか、それすらも分からない。ただお義兄様の言葉に従っただけ。

答えに窮していると、考えがまとまったのか、灯織さんが少しだけ語気を強める。

『でもこれは、祇京ちゃんの問題だよね？』

「――ッ！」

楔《くさび》を打ち込まれたように、一瞬、息が詰まる。

『お兄ちゃんならきっと上手く解決してくれる。でも、それをお兄ちゃんだけに任せたら、祇京ちゃんは後悔する気がするの。だって、お兄ちゃんは部外者なんだもん』

「それは――……」

助けを求めて兄に縋《すが》った。包み込むような安心感。頼りたくなるのも分かってしまう。

『お兄ちゃんが全部解決して、何もかも終わった所に祇京ちゃんが戻って、何も知らない無垢《むく》な子供のままでいられるのならいいかもしれない。でも、そうじゃないなら――』

きっと、そうじゃなかったから、お母様は苦しんでいる。

『祇京ちゃん、今から少しお姉ちゃんと話してみない？』

「へー。貴女《あなた》が雪兎《ゆきと》の妹なんだ。初めましてだね。私は灯凪《ひなぎ》。よろしくね？」

差し伸べられた手を握り返す。興味深そうに私を見る瞳。

「凍恋祇京です。お時間を作ってくださり――」

「あー、いいのいいの。ちょうど煮詰まってたしね。いい気分転換」

灯織さんのお姉さん、灯凪お姉様はとても美人だった。この人が、お義兄様の幼馴染《おさななじみ》。父と母も幼馴染だと聞いたことがある。意外と世の中には多いのかもしれない。

羨ましいな。私にも、そんな存在がいたら……。

「……ここ、お義兄様と一緒に来たんです」

「そうなの？　じゃあ、知ってるのかな」

クルリと振り返る灯凪お姉様。この場所の真実を知るのは幼馴染の二人だけ。

灯凪お姉様は笑顔だった。けれど、とても悲しそうで、悲哀に満ちている。

笑っているのに、心は泣いている。そんな風に見えて、切なくなってしまう。

お義兄様が案内してくれた、幼馴染にフラれた思い出の場所。

灯凪お姉様と会うことになり、この場所を指定された。その理由を知りたくて、不躾《ぶしつけ》にも聞いてみた。だって、ここは二人にとって、避けたい場所のはずだから。

「灯凪お姉様は、お義兄様のこと、お嫌いだったんですか？」

私にはまだ恋愛なんて分からない。これまで、それどころじゃなかった。

クラスに好きな男の子がいる。そんな状況だったら自覚するのかもしれないが、友達との話題に出ても、何処か夢物語のように、現実感のない世界に見えて、私はただ聞き手に回るだけ。好きな人を聞かれても答えを濁した。あえて言うなら、お義兄様くらいだ。

「ううん。大好きだったよ。本当に好きで、好きで、大好きで――だから、傷つけた」

灯凪お姉様が耳に手を掛け、髪を払う。吹き抜ける風がサラサラと髪を揺らした。

灯凪お姉様の瞳の奥には、当時のお義兄様が映っているのかもしれない。

「我儘《わがまま》で、馬鹿で、どうしようもなく愚かだったんだ。ヒステリックに叫べば、望んだ全てが手に入るような気がして。でも、上手くいかない現実にイライラして」

滔々《とうとう》と語られる後悔。やり直したいと願っても、決して叶わない。

「目の前にあった幸せに気づかなかった。欲しかったものは、私の手の中にあった。雪兎はずっと私を幸せにしてくれていたの。それが日常だったから、当たり前だと自惚《うぬぼ》れて」

灯凪お姉様が語る言葉は、不思議と、お義兄様が語っていたことと正反対だった。

お義兄様は、望んだものは何一つ手に入らないと言っていたのに。

「祇京ちゃんのこと、少しだけ聞いた。雪兎に妹がいるなんて知らなかったな」

「それは……。お義兄様も同じだと思います」

「雪兎もビックリ——は、しないかな？　雪兎だもんね」

噴き出すように、笑顔を見せる。お義兄様の謎は増えるばかりだ。

ある日、突然現れた父親に、ある日、突然助けを求めた妹。

お義兄様にとって、私達《たち》はどんな存在だろう。もしかしたら、桜花《おうか》お義母様の見せた態度こそが、お義兄様にとっても、本心なのかもしれない。——傍迷惑《はためいわく》で厄介な。

「私ね、雪兎から沢山のものを貰《もら》ったんだ。返しきれないほどの。今なら分かる。どれだけ愛されていたか。どれだけ大切にしてくれていたか。同時に思うの。私の想《おも》いはどれだけ薄っぺらかったんだろうって。雪兎のその気持ちと、釣り合っていたのかなって」

「——なら、どうして？」

灯凪お姉様がお義兄様に向ける感情。それは愛だ。お義兄様も灯凪お姉様が好きで、灯凪お姉様もお義兄様が好きなら、どうして今、二人は付き合っていないのか。

「駄目だよ。駄目なんだ。未熟な私じゃ、雪兎を幸せにしてあげられない。これまで幸せにしてもらった以上に、雪兎のことを幸せにできるようにならなきゃ、足りないの」

灯凪お姉様が振り向き、ジッと私を見つめる。

「祇京ちゃんは、雪兎を幸せにしてあげられる？」

真剣な眼差《まなざ》し。はぐらかすことを許さない問いかけ。

無意識に後ずさる。灯凪お姉様から伝わる強烈な覚悟。

母にも感じたことのない、友人達とも違う。初めて出会う、強さがそこにあった。

「私は……」

しどろもどろに言葉に詰まる。ふいに理解する。求められているのは対価なのだと。

お義兄様に助けを求めた。お義兄様はその願いを叶えてくれた。何処か、それが当然なのだと、利益を受け取ることが許されるのだと、そんな勘違いをしていた。

「でも、困っちゃうよね。雪兎って優しいから、いっつも色んな女の子が集まってくるの。それも可愛《かわい》い子ばっかり。嫉妬しちゃうよ。独占したいのに、できないんだもん」

プクーと頬を膨らませ、不満を漏らす。けれど、何処か楽しそうで。

「でも、そんな雪兎だから、私は大好きなの」

胸を張り、恥じることなく言い切る姿に、感動を覚えた。あまりに鮮烈で眩《まぶ》しい。

胸の中に沸き起こる感情。こんな風になりたいと、憧れる理想の女性。

「どれだけしても尽きない後悔を続けて、過去に戻りたいと祈り続けて。そんなことを繰り返している間に、絆《きずな》を失って、その姿を見失った。雪兎はそれを望んでなかったのに。

雪兎が望んでいたのは、ただ一緒にいられることだったのに。幼馴染失格だね私」

今この瞬間も、私と灯凪お姉様の距離は離れ続けていく。置いて行かれるような感覚。

自らの足で前に進もうとしている灯凪お姉様と、ただお義兄様に縋り、歩みを止め停滞している私。お義兄様はここにいないのに、どうして私はここにいるの？

「待ってるんじゃないかな。祇京ちゃんの家族は。祇京ちゃんのことを」

◆

試合でも感じたことのない格別な高揚感。しばらく身を委ねても、一向に治まることはなくて、ドキドキしたまま、気持ちを整理するようにシャワーを浴びる。

この選択は、私の未来を切り拓《ひら》く。他の誰でもない私が決める私の責任で。

今更ながら、ユキの偉大さを実感してしまう。ユキは常にそんな選択をしてきたんだ。

これまで、あまり物事を深く考えることのなかった私とは大違い。

排水溝にシャワーから流れ出したお湯が吸い込まれていく。頭からシャワーを浴びて、震える身体《からだ》を抱きしめると、ただずっと、それを見つめ続けた。

先頭に立てば、そこには誰もいない。自分で道を決める必要がある。

ユキも迷っていたのかもしれない。けど、ユキはそれを正解にする努力を続けた。

「私の正解は私が決めなきゃ――」

いつの間にか、中学校の頃を思い出していた。進路に悩むことはなかった。

私は、ユキを追いかけただけだったから。それだけのことに必死だった。

その選択の愚かさが、ユキを困らせていたことに、ようやく気付く。

そんなことを言われたら、誰だってそう思う。他人の人生なんて背負えない。

「――私って、バカだなぁ」

呟《つぶや》きが、瞳から流れ落ちた水滴と共に流れ落ちていった。

◇

「神代《かみしろ》、受験の方はどうだ？」

「一応、大丈夫じゃないかと。あはは」

職員室に呼ばれた私は曖昧な答えを返す。呼び出された理由になんとなく見当はついていた。先生も決して受験のことが聞きたいわけではないはずだ。

何故《なぜ》なら私を呼び出した相手は男バスの顧問だから。

二月。私達三年生はとうに部活を引退して受験に備えている。

引継ぎも終わり、学校に来るのも卒業までの後僅か、そんな時期だった。

「神代は確か九重《ここのえ》と仲良かったよな」

「そこまでではないですけど……」

ズキンと胸が痛む。彼との仲を否定しなければいけないこと、その理由。

そしてその結果引き起こしてしまった事態。それらは全て私が原因であり、そして同時にそれを私はひた隠しにしているから。それがユキの指示だとしても。

「とはいえ、神代しかいないのも事実だ。俺もアイツ等と謝りに行ったんだが、どうにもならなくてな。お前の方からそれとなく話すように言ってみてくれないか?」

「私がですか……?」

「あぁ。このままだと二年も一年も戻ってくるか分からんしなぁ」

困り顔の先生は重苦しく溜息《ためいき》を吐《つ》くと、コーヒーを口に含む。

「まだあのままなんですか?」

「ん? どっちかというと最近になってアイツ等ますます部活に来なくなってな。アイツの方は受験も問題ないだろうし、そっちについていってる奴《やつ》が多いらしい。三年の責任だから、卒業したら戻ってくるとは思うんだが……」

「そう……ですか」

あの事件以来、男バスは開店休業状態だ。

男バスの三年生は、最後の大会をユキが骨折したことで棒に振った。

前回の大会で目覚ましい結果を出し、最後の大会こそはと意気込んでいたメンバー達にとって、ユキの怪我《けが》は想定外だった。やる気は空回りし、意気消沈のまま迎えた大会の結果は、言わずもがな一回戦敗退という無残なものだった。

これまでになく真剣に、熱心に練習に打ち込んでいたメンバー達は、ついユキを非難するようなことを口にしてしまう。顧問の先生も自己管理が甘いと苦言を呈した。

そしてユキは迷惑を掛けたことを全員に謝罪し、そのまま退部した。

――その理由を一切口にすることのないままで。

まさか退部するとは思っていなかった顧問もメンバー達も大慌てで引き止めたが、幾ら言い過ぎたと後になって謝っても後の祭りだった。そもそも最後の大会が終われば、三年生が部活に残る理由もこれといってない。今更引き止めてもどうにもならなかった。

けど、それだけでは済まなかった。

前回の大会で目覚ましい結果を残せたのも、ユキがチームを引っ張ったおかげだ。

もともとユキ以外はそこまで部活に力を入れていなかった。どちらかといえば、男バスはカジュアルにバスケを楽しみたい層が集まっていた部活だったから。

しかし、二年生や一年生になると変わってくる。特に一年生にはユキの活躍を見てバスケ部に入部した部員もいたし、二年生もユキに影響を受けて熱心にプレイする部員達が増えていた。そんな部員達からすれば、ユキに頼りきりだったにもかかわらず、責任を転嫁し、追い出したように見える三年生達と軋轢《あつれき》が生まれるのは必然だった。

ユキが退部した後、男バスはギクシャクし始め、二つに割れてしまう。結局、三年生の引退までその状態は続き、そんな中で、部活に来なくなる下級生も増えていた。

その下級生がどこに行ったのかと言えば――。

「九重君だって分かってると思います」

「まぁ、九重も困ってるみたいだったけどな。話してはいると言っていたが……」

「ああ見えて面倒見が良いですから」

「とはいってもなぁ。とにかく一度、神代からも伝えてくれ」

「分かりました」

返事をして職員室を後にする。

残念だけど、私には到底不可能なミッションだ。

当事者である私にそんなことできるはずなんてない。

廊下をトボトボ歩きながら、何百、何千と数えきれないほど繰り返した後悔に苛《さいな》まれる。

結局はこれも私が引き起こしたこと。引き起こした事態の責任は私にあった。

今、私がこうしていられるのもユキが守ってくれたから。

ユキは私を守る為《ため》に骨折し、そして私が原因で骨折したことを誰にも言わないことで、私が周囲から責められないよう守ってくれた。私は二度、助けられたんだ。

ユキが骨折した理由を私が言えるはずがない。彼が言わなかったことを、私が言って台無しにすることなんてできない。それが、どれほど私を苦しめたとしても、それだけが私にできるたった一つのユキに対する罪滅ぼし。私はもっと苦しむべきなんだ。

二月。それは受験生にとっては試練の季節。

そして、想いを伝える季節でもある。

見上げた冬の空はどこまでも澄み渡り、ひんやりした風が私の頬を撫《な》でていった。


「帰れ小僧共」

「一年しか違わないじゃないですか」

「あのなぁ。こう見えて俺は受験生なんですけど」

「先輩、受験ヤバいんですか？」

「俺を舐《な》めるなよ小僧。百回受けて百回合格するが？」

「大言壮語にしか聞こえないっスけど、マジっぽいのが凄《すご》いですよね」

「いや、本当だってば！」


俺の選んだ高校は偏差値的にもそう難しくない。受験もこう言ってはなんだが余裕だろう。事実を事実として認識するのが、この俺、九重雪兎《ゆきと》である。

テスト中、腹痛にでも見舞われ一問も解けないような事態にさえならなければ楽勝といってもいい。尤《もっと》も俺の場合、内申点が致命的に悪い可能性が高いのでそこは不安要素だが、しかしそんなものは俺自身でどうにかすることもできないので、気にしても意味がない。担任のご機嫌《きげん》伺いにも余念はなかったので大丈夫だと思う。うん。

「お前等ちゃんと部活行けよ。この前も顧問に嫌味言われたぞ」

放課後、どういうわけか俺はバスケ部の後輩に囲まれていた。といっても、既にバスケ部を退部している身なので、直接の後輩というわけではない。

「多分卒業までこんな感じじゃないですか？」

「あと一か月もこの調子なのか……。それに人数増えてないか？」

「一年は特に先輩と部活やりたくて入部した奴も多いっスからね。こんな状況だとこっち選びますよ。俺だって、まだまだ先輩と活動したいのに」

「選ばれても困るんだが。何が悲しくてこの真冬に外で運動せにゃならんのだ」

「いいじゃないですか！　早く行きましょうよ先輩」

「君達《たち》、上級生を敬う気とかないの？」

「先輩は一年のときからやりたい放題していたって聞きましたけど」

「いつも思うけど、俺の変な噂《うわさ》流してるの誰なんだろう？」

首を傾《かし》げるが一向に答えは出ない。グイグイと背中を押され、バスケ部一行＋引退済みの俺は屋外コートに連れ去られるのだった。熱心だね後輩諸君。バスケ部は安泰だ。

二月十四日、バレンタイン。

勉強に追われる受験生も、この日だけはソワソワと浮足立っている。

男子も女子も奇妙な緊張感に包まれ、貰《もら》えた者は歓喜し、貰えなかった者は悲哀に包まれる。そんな格差社会を感じさせる一日だった。

かくいう俺は、母さんと姉さんに手作りチョコを貰えたのでもう満足だ。これ以上を望んだりはしない。俺って謙虚なので。え？　強がりじゃねーし。心無い者達は何かと家族はノーカンとか言いたがるが、母さんや姉さんから貰いたい人は大勢いるはずだ。

俺は土下座で感謝したさ。美人だからね。どうだ羨ましいだろう？

「君達、バレンタインに悲しくなんないの？」

「俺は女バスの石原さんから貰ったんで」

「なん……だと……？」

今日も今日とて何故か集まる下級生の皆さん。俺はインストラクターではない。まさか本当に俺が卒業するまで付き纏《まと》うつもりなのだろうか？

勝利報告した勝ち組の二年生が、ブーイングを受けて揉《も》みくちゃにされている。中には一年生も交じっていた。うん、慕われているな。この団結っぷりなら来年のバスケ部は大丈夫だろう。現在絶賛崩壊中なのは見ないフリだ。

相も変わらず放課後、俺をストバスに連行しようと企《たくら》む下級生達だが、悲しきかな学校でチョコが貰えそうにない俺には放課後、予定はなかった。

一応、クラスメイトや女バスの面々からお徳用の義理チョコらしきものを貰ったが、それはあくまでもお付き合い、いわば接待のようなものだ。勘違いなど許されぬ大量配布。

玄関口で上履きを履き替えていると、呼び止められる。

目の前にいたのは、幼馴染《おさななじみ》の硯川《すずりかわ》だった。

「どうした？」

「えっと……」

もじもじと何かを言いたげに言葉を濁す姿をぼんやり眺める。

思えば久しぶりの会話だった。これまで俺から話しかけることはなかったが、こうして硯川が話しかけて来たのもいつ以来だろうか。そんなことも思い出せない。

「あのさ……雪兎は今日、これから帰り？」

「まぁ、寄り道する予定だけどな」

「そっか……」

放課後に使える時間は限られている。実際に部活でもない以上、下級生達を何時《いつ》までも付き合わせるわけにはいかない。日が沈むのも早い時期だ。

暗くなる前に帰宅させることを考えれば、精々一時間程度しか活動できないが、どういうわけかそれでも一緒にやりたいらしい。

退部したのは俺の意思であり我儘《わがまま》だ。下級生が一緒にやりたいというなら、せめて、残り僅かな期間、その望みを叶《かな》えてやりたいとも思っていた。

「チョコか……」

「これ、あげる」

なんとなく、硯川が呼び止めてきた時点で、そうではないかと思っていた。今日という日を考えれば予想はつく。彼女はとても律儀だ。

「ありがとう。嬉《うれ》しいよ」

受け取りそう素直に感謝を述べる。少しだけ硯川の顔が晴れた気がした。あまり顔色が良さそうには見えない。それも当然かもしれない。何故なら彼女には——。

「硯川、チョコありがとう。でも、もうこういうのはこれで終わりにしよう」

「えっ？」

呆気《あっけ》にとられたようにポカンとした表情を浮かべている。

それもそうだろう。バレンタインに俺達はこんなことを繰り返してきた。それがまるで義務かのように。そして彼女は今年もこうしてチョコをくれた。

習慣のように、そうすることが決められているかのように。これは呪いだ。

「君には本命がいるだろ。だからもう義理チョコはいいよ」

「な、なに言って……」

「惰性や習慣で欲しいわけじゃないんだ」

硯川に彼氏ができて、終わりになったはずだった。去年、途切れたバレンタイン。それが正しい。先輩は卒業して高校生になってしまったが、いい気はしないはずだ。

疎遠にしてきた俺達が、こんなときだけ言葉を交わす滑稽さに自嘲する。

こうして渡される義理チョコは、あまりにも無機質で、惨めだった。

「バレンタインは何の為にある？　何の為にチョコを渡す？」

「雪兎……？」

彼氏がいるにもかかわらず、幼馴染だから、毎年そうだからと、こうして俺にチョコを渡すことは、彼女にとっても面倒で煩わしい行為そのものでしかないのだろう。

硯川の浮かない表情を見ていればそれくらい分かってしまう。

もしその表情が、昔のように輝いていたなら、まだ何かを期待することもできたかもしれないが、硯川の表情は暗く沈んでいる。億劫《おっくう》だと感じているのだろう。

俺の存在は今や硯川にとってお荷物でしかない。

チョコは手段に過ぎない。渡すことが目的ではなく、自分の気持ちを伝えることが目的のはずだ。チョコは所詮、その代替手段にすぎないのだから。

「毎年、君がくれたチョコが嬉しかった。何よりも君から欲しかった。でも、それは義務で欲しかったわけじゃない」

「ちが、違うの！　そんなつもりで渡したんじゃ――！」

「俺が欲しかったのは、君の――」

言葉を噤《つぐ》む。そこから先を口に出すことは許されない。最早《もはや》禁句でしかない迷惑行為。何処《どこ》までも未練がましくて無様だ。気持ちを振りきるように打ち込んだバスケも、結局は最後の大会に出ることさえままならず、割り切れないままに霧散してしまった。

どこかに気持ちのすべてを置き去りにしたままで。

「勿論《もちろん》ホワイトデーはちゃんと返すよ。安心してくれ」

当然、貰った分はキチンと返す。でも、それも今年で最後だ。

「先輩、どうしたんですか？　早く行きましょうよ」

後輩が様子を見にやってくる。ちょうどよかった。これ以上、この場にはいたくない。

「あぁ、悪いな。すぐに行く」

チョコを鞄《かばん》に入れ、ローファーに履き替える。振り返ることはしなかった。道化のように何かを期待して否定される。そんなバレンタインはもう終わりだ。

だから俺は気づかない。そのとき、硯川がどんな顔をしていたのか。

このときはもう、俺の目に彼女の姿は映っていなかったから。


「どうしてかな……どうしてこうなっちゃうんだろ……」

フラフラと壁に寄りかかる。今にも倒れ込みそうな身体《からだ》を支えるので精一杯だった。

あの忌々しい男は卒業しても、私の立場は何も変わらないまま。別れたと言っても、付き合っていた事実が消えるわけじゃない。あの男の嘘《うそ》も。

三年生になって、受験が近づき、誰も私のことなんて興味を無くして。

久しぶりの会話だった。なけなしの勇気を振り絞って雪兎に声を掛けた。

バレンタインという日が、臆病な私の背中を押してくれた。今日はそんな特別な一日。

一日千秋。彼を想《おも》いながら、この日をずっと待っていたのに。

「義理なんかじゃない……義務なんかじゃ……」

そんなつもりで渡したことなんて一度もない。それでも、雪兎がそう思うのも当然だ。

私はこれまで、彼にチョコを渡すとき、いつも恥ずかしさを誤魔化す為に、執拗《しつよう》なまでに「義理だから」「勘違いしないで」「幼馴染だから」「ついでだから」そんな吐き気がするほどおぞましい正反対の言葉を繰り返して来たんだから。

いつだって嘘だらけで、虚飾だらけで、肝心なことは何も伝えてこなかった。なにが勘違いなのよ。なにが義理なのよ。必死に選んで、ときには手作りして、喜んで貰いたくて。それなのに、それを全て否定してきたのは私なんだ。握り締めた拳が力なく壁を叩《たた》く。言葉にしなければ何も伝わらないのに、素直になれないからと、そんな嘘をつき続けて。それで、気づけば彼は目の前からいなくなっていた。思い出だけを残して。

雪兎は何を欲していたのだろう。

バレンタインは何の為《ため》にある？　何の為にチョコを渡すの？

どうして今まで気づかなかったの？

雪兎が欲しかったのは、望んだのはチョコじゃない。

私の言葉で、私の――。

「私の気持ち……」

チョコに乗せた自分の想いさえも否定して。彼は今までどんな気持ちで私からチョコを受け取ってきたんだろう。何かを期待して、その度に私はそれを否定し続けて。それでも彼はいつも笑って、「ありがとう」「嬉しい」と、言葉を返してくれた。

ホワイトデーにお返しをくれるとき、彼は一度だって義理だからとも幼馴染だからとも言ったりしたことがない。真っ直ぐに私のことを見て、言葉を伝えてくれてたんじゃない。

彼に渡す特別なチョコを、自らその価値を貶《おとし》めて。

想いの宿らない無価値なチョコを、いつもどんな気持ちで食べていたの？

夕暮れの空は、あの日、彼が告白してくれた日のように緋色《ひいろ》に色づいていた。

私は急いでいた。廊下を走らない。そんな注意が聞こえてくるが、今日くらいは許して欲しい。こんな日に限って、思いがけず担任に用を押し付けられ出遅れてしまう。

放課後、私がユキの教室に向かったときには、その姿はなかった。下駄箱《げたばこ》を覗《のぞ》くが靴もない。帰ってしまったのだろうか。どうしようかと逡巡《しゆんじゆん》する。

「もう！」

連絡をしようにも、ユキはスマホを持っていなかった。

明日から週末に入る。このままなら、次に会えるのは来週の月曜だ。

それまで待つ？　鞄の中には、迷いに迷って選んだチョコが入っていた。こんな風に本気でチョコを選んだことは初めてだった。毎年、バレンタインの日に女子が騒いでいるのを、どこか他人事《ひとごと》のように見ていた。自分には無関係なイベントだと、そんな気持ちで。

それなのに今は——。

「行ってみようかな」

ユキの家は知っている。以前、一緒に帰ったとき教えてもらったことがある。

でも、行ったことはなかった。突然、連絡もせずに行って迷惑にならないだろうか。

どうしようか答えの出ないまま、ただ私はユキの家に向かって歩き出していた。

「来ちゃった……」

マンションを眼前にして、足が止まる。到着したはいいが、どうしたものかともう十分近くこの場でウロウロと立ち竦《すく》んでいた。エントランスでただ時間ばかりが過ぎていく。

郵便受けにでも入れて帰ろうかとも思うが、どうしても話したいこともあった。

入院明け、ユキが退院して学校に登校するようになってから、あまり会話していない。事情を説明するときも、ユキは私の名前を出さなかった。どうして庇《かば》ってくれたのか、どうして私の名前を出さなかったのか。ユキに聞きたいが、それを尋ねること自体が、彼のしてくれたことを無駄にするような気がして、勇気が出なかった。

鞄からチョコを取り出し、彼が住んでいる階を見上げる。まだ誤解だって解けていない。だからもう一度、ちゃんと告白したくて、ここまで来たのに。

「貴女《あなた》、神代《かみしろ》さん？」

「え？」

マンションから出てきた女性に声を掛けられる。

長い黒髪、スキニーパンツにショートのトレンチが似合っていた。スラリとした美人。

「生徒会長……？」

「いつの話よそれ」

半眼で呆《あき》れたようにボヤかれる。直接、話したことはないが、私もよく知っている人物。ユキのお姉さん。卒業してしまったが、去年までは生徒会長を務めていた。美人で格好良くて頭も良い。生徒から人気があり、非の打ち所がない。それが私の素直な感想だった。

「悠璃《ゆうり》さん」

「どうして貴女、ここにいるの？」

その視線が決して好意的ではないことに気づく。

怜悧《れいり》な眼差《まなざ》しから放たれる、剣呑《けんのん》な視線が油断なく私を捉えていた。

「あの……ユキ、雪兎《ゆきと》君に会いたくて……私！」

「あの子はいないけど」

「そ、そうなんですか？」

無駄足だったらしい。落胆してしまう。何処かに出掛けているのか、或《あ》いはまだ帰っていないのか。目的の人物がいない以上、この場にいる必要はない。

「それ……渡すつもり？」

「え？」

悠璃さんの視線が手に持っていたチョコに注がれている。堂々と手に持っていればバレバレだ。そのことに気づいて、咄嗟《とっさ》に顔が赤くなる。

「えっと……いないなら、また今度にします！」

慌てて踵《きびす》を返す。が、背中越しに聞こえてきた冷たい声に足を止めざるを得なかった。

「また、弟を騙《だま》すの？」

「――ッ！」

振り返ると、悠璃さんは私の目の前に来ていた。

カツカツとパンプスの音が地面を鳴らし、鋭い視線が私を射抜く。

「また弟を騙して傷つけるつもりなの？　そんなことを私が許すと思っているの？」

「なに……を……」

その瞳には明確な憎悪が宿っていた。

「神代さん、私は知ってるの。貴女がしたことを。貴女が原因で大怪我《おおけが》したことも」

「ご、ごめんなさい！　私っ！」

震えが止まらない。私は勘違いしていた。

ユキが学校で私の名前を一切出さなかったからといって、家族にまで言っていないとは限らない。どうしてそういう事態になったのか正直に話したのだろう。

家族に嘘をつく理由がユキにはない。そもそも物事を隠し立てするタイプじゃない。

ユキはそのうえで庇ってくれたんだ。でも、それはユキの家族にとっては許せないこと。

「どこまで弟を馬鹿にするつもり？」

「そんなつもりなんて――――！」

「ただでさえ、あの女のことで傷ついていたのに、それを利用するなんて」

「私は本気だったんです！　騙すつもりなんて……」

「だったら！　だったら貴女はどうしてあの子の隣にいてあげなかったの！」

胸倉を摑《つか》まれそうなほど距離が縮まり、睨《にら》みつけられる。私がついた愚かな嘘もなにもかも知られている。私はきっと悠璃さんにとって許せない存在。

「私が悪いんです！　嘘をついて、庇ってくれたのに誰にも言わずに。そのせいで部活だって辞めることになって！　私が全部、私がいなかったらユキは大会にだって！」

支離滅裂で、自分が何を言っているのかも分からなかった。涙が溢《あふ》れ、ただただ謝罪の言葉を重ねる。手に力が入った衝撃で、グシャリとチョコの入った箱が潰れた。

「泣きたいのは貴女じゃない。あの子の方よ」

「ごめん……なさ……い」

興味を失ったように、私から目を離すと、そのまま歩いて何処かに行ってしまう。

「もしかしたら、屋外コートにいるのかもね」

去り際に一言だけ、悠璃さんがそう言ったのが聞こえた。

それが何を意味しているのか理解する頃には、私は走り出していた。


駆け出していく。もうかなり時間が経《た》っている。今から向かったところで、弟がいるとは限らない。いや、既に引き上げているかもしれない。もうすぐ家に帰ってくるはずだ。あの女が今から向かったとしても、無駄足になる可能性が高い。

「嫌な女ね、私……」

それでもあえて、そんな徒労に終わるかもしれない嫌がらせを仕向けたのは、そうでもしないと気が収まらないからだ。どうしようもない自己嫌悪に苛《さいな》まれる。

まるで鏡を見ているような、自分の醜さを映し出すような、そんな鏡を。

「あの子を一番傷つけたのは、私なのにね」

誰にともなく吐き出した言葉は、自嘲と共に消えていった。


「いない……?」

日は既に落ちていた。暗がりを街灯だけが照らしている。

とうにユキはいなかった。この寒い時期にこんな時間まで活動しているはずがない。

遅くて、間に合わなかった。どういうつもりで悠璃さんは教えてくれたのか、或いはこうなることを見越していたのか。思えば、あれだけ私に対して敵意を向けていた悠璃さんが、素直に教えてくれたのも不自然だった。既にいないことを知っていたのかもしれない。

力なくベンチに腰を下ろす。なにもかもが上手《うま》くいかない。

伝えるべき言葉の一つさえ伝えられず、渡したいモノ一つすら渡せない。

とても近くにいるのに、どこまでも距離を感じてしまう。

ふと、ベンチの横に設置されているゴミ箱が目に入った。いっそのこと、このまま捨ててしまおうか。どうせ渡せるはずなんてないんだから……。

「こんなの要らないよね……」

外箱は潰れて酷《ひど》い有様だ。中身も無事かどうか分からない。割れていてもおかしくない。

どうにも不格好で、まるで今の自分のようだと思わずにはいられない。

抗《あらが》い難い欲求に誘われるように、ゴミ箱へ捨てようと、立ち上がる。

ユキのことを好きだなんて言う資格はない。ただ私にできることは償うことだけ。台無しにした全てに対して、ただ報いることだけを望めば良い。

——恋なんて、こんな気持ちなんて捨てるべきなんだ！

「こんな時間になにやってんだ？」

ただ聞きたかった声がして、私の手がピタリと止まった。

「……ユキ？　なんで？　どうしてここに……？」

「それはこっちの台詞《せりふ》だ。ちょっと知り合いと会ったから話をしてた」

どういうわけか神代汐里《しおり》がそこにいた。何故《なぜ》？

こんな時間にしかも制服姿だ。相変わらず行動に脈絡がない。

「友達？」

「相手は高校生のおっさんだぞ。断じて友達ではない」

やはりどう考えても知り合いが適切な表現だろう。たまに一緒にストバスをしていた高校生のグループと久しぶりに再会した。骨折していた頃は御無沙汰だったのでしょうがないが、俺が全くコートに顔を出さないので、微妙に気にしてくれていたらしい。

「そっちは何してんだこんなところで。風邪引くぞ」

「う、うん。ごめんね」

「謝られても困る」

自販機でホットのコーヒーとお茶を買い、ベンチに座ると、神代にお茶を渡す。

「なにか用か?」

「……ごめん」

「謝ってばっかりだな」

「どれだけ謝っても足りないよ」

「そんなの誰も求めてないけどな」

「でも、でもさ! 私のせいでユキが……」

困ったな。神代は情緒不安定だ。正直、骨折経験豊富で、しょっちゅう怪我をしている俺からすれば、別段気にするようなことでもないのだが、神代自身はそういうわけにはいかないらしい。かといって、俺に何か掛けられる言葉があるわけでもない。

「今日ね。これを渡そうと思ってたんだ」

「随分とベコベコだが?」

「ごめんね。要らないよね、こんなの」

力なく笑うと、そのままゴミ箱に捨てようとする。

「人に自分が要らないと思うようなモノを渡そうと思ってたのか?」

「違うの! 今日、浮かれたんだ。自分のしでかしたことを忘れてさ。でもね、渡せないよ! だって、その先を言う資格が私にはないから……」

「いいからよこせ」

「あっ、駄目！」

箱を破ると、中身はチョコレートだ。この場面でそれ以外だったら逆にビックリだが、少しだけ散乱しているものの特に問題はない。そのまま開けて、口に入れる。

ゲロ甘コーヒーついでのおやつにちょうどいい。

「チョコレートは疲労回復効果もある」

「ユキ……」

「そんな顔してないで、神代も食え。血行がよくなるぞ」

「むぐ」

容赦なく神代の口に突っ込む。ついでに言えばチョコには身体《からだ》を温める効果もある。

バレンタインという真冬の寒い時期に渡すのがチョコレートなのは意外と合理的なのであった。貰《もら》えない人は自分で買って欲しい（上から目線）

「さて、チョコも食べたし帰るか」

「ユキはさ、どうしてそんなに私に優しくできるの？」

「優しいか？　通知表に書かれたことないな」

「見る目がないんだよ」

そう答える言葉にどんな感情が込められているのか分からない。

何を求めているのか、どんな言葉を欲しているのか。

それを理解できるほど、深く人と関わってこなかった俺には経験値が足りていない。

だからいつも答えは途方もなく的外れだ。

「いいか。怪我をしたのは全部俺の自己責任で、神代《かみしろ》は何も悪くない。野球の監督と一緒だ。全部俺が悪い。それだけ。ほら、帰るぞ受験生」

いつまでもこんなところにいるわけにもいかない。今が一番大切な時期だ。

体調でも崩せば洒落《しゃれ》にならない。会話を打ち切って立ち上がらせる。

いつだって、悪いのは俺で他の誰かじゃない。

俺がいなければ、神代が苦しむことなんてなかった。

俺がいなければ硯川《すずりかわ》も気兼ねなく先輩と付き合える。

姉さんも俺がいなければあんなことはしなかった。

母さんも俺がいなければ仕事に打ち込めたはずだ。

だから誰も気に病むことなんてないはずなのに。

こんなに簡単なことなのに。

「どうしてそんなに悩むんだろう?」

その問いに答える者は誰もいなかった。

第四章「家族」

シャワーを浴びた後、ユキのマンションまで来ていた。

どうしてもユキに聞いて欲しいことがあって、無我夢中でここまで走った。

相談……ううん、違う。これは決意表明。誰よりも早く、この想《おも》いを伝えたくて。

ユキに連絡したけど、繋《つな》がらないしメッセージも既読にならない。それも心配だった。

「ここに来るの、久しぶりだな」

バレンタインのとき以来だ。あのときは、悠璃《ゆうり》さんに盛大に叱られたけど。

高鳴る胸に手を当てる。トクントクンと鼓動が早鐘を打っている。

一つ息を吐き、意を決して、チャイムを鳴らす。

パタパタと音がして、ガチャリとドアが開いた。

「はい、どちらさまでしょうか？」

「ほへ？」

現れた日本人形のような美しい少女に、私はとーっても間抜けな声を上げた。

「えぇぇぇぇ！　ユキの妹なの!?」

「はい。お母様は異なりますが」

ユキのお母さんは仕事なのか、家にいなかった。悠璃さんの姿もない。

勝手に入っていいのか迷うが、凍恋祇京《とうれんききょう》と名乗った、この可愛《かわい》い少女は、すんなり迎え入れてくれた。ユキが最近音沙汰ない理由も判明する。妹の為《ため》に忙しく動いているようだ。

驚愕《きょうがく》の自己紹介に、あんぐりと口を開けてしまった。へへ、はしたないね、私。

でもでもだって、ユキから聞いたことないんだけど妹なんて!?

校内の話題を三か月は独占しそうなビッグスクープだ。

ユキと悠璃さんはものすごく有名な姉弟だ。大抵どちらかが校内の話題になっているが、妹まで加わったら、多分、手が付けられないよね……。それに異母兄妹だなんて。

間抜け面の私に気を利かせてくれたのか、祇京ちゃんから話題を出してくれる。

「汐里お姉様ですね。お義兄様《にいさま》から聞いております」

「ユキが私のことを？」

ドキリと心臓が跳ねる。ユキは本人がいないところで誰かを悪く言うような性格じゃない。そこは安心できるが、どんなことを言われているのか気にならないはずもない。

「聞いていいかな？」

窺《うかが》うように尋ねると、祇京ちゃんはアッサリと教えてくれた。

「はい。クラスで二番目に胸が大きいと」

「聞いて損した！」

そうだけどさぁ、それはそうなんだけどさぁ。もっと他にさぁ。ユキのバカ！

「羨ましいです」

ズーンと落ち込んだ雰囲気の祇京ちゃんだったが、思い出したように顔を上げる。

「汐里お姉様はどうしてここに？」

コテンと首を傾《かし》げ、疑問符を浮かべる。本当にお人形さんみたいに可愛い。

「ユキに伝えたいことがあったんだけど、いないならしょうがないよね」

「伝えたいこと——もしかして、告白ですか？」

「え!?　違う違う！　それに私、フラれちゃったもん」

祇京ちゃんから飛び出した告白というワードを慌てて否定する。

「えっと、その……申し訳ありません」

気まずい表情を浮かべる祇京ちゃんに、どうにか誤解を解こうとする。

「今の私じゃ、ユキを幸せにできないもん」

「え？」

今の私が告白しても、ユキには届かない。遥《はる》か後方から、前を進む背中に声を掛けたって、振り向いてはくれない。待ってはくれない。私の姿はユキには見えない。

ユキの隣に並んで初めて、告白は意味を成すんだと思う。それがスタート地点。

共に歩んでいく未来を見据えるように。私は一歩を踏み出す。

「どうしたの？」

ポカーンとしている祇京ちゃんに気づいた。

「い、いえ。……先日、灯凪《ひなぎ》お姉様も同じことを仰《おっしゃ》っていたので」

「硯川さんが？」

それを聞いて、何処《どこ》か嬉《うれ》しくなる私がいた。それだけユキのことを真剣に好きでいてくれるのだと、安心感が湧いてくる。恋のライバルだが敵じゃない。大切な友人で仲間。

「……私は、このままでいいのでしょうか？」

「祇京ちゃん？」

俯《うつむ》き、膝の上でギュッと拳を握る。華奢《きゃしゃ》な身体が小刻みに震え、声は悲哀を帯びる。

「灯凪お姉様の言葉を聞いて、ずっと考えていたんです。でも、私は欠陥品だから、何もできなくて。お義兄様もいなくなって、ただ時間ばかりが過ぎて」

紅潮し、染まる頰。この子は人形じゃない。人間なんだ。

「どうしたら、どうしたら私も汐里お姉様達《たち》のように強くなれますか？」

溢《あふ》れんばかりの涙を瞳に溜《た》めて、唇を嚙《か》みしめる姿に既視感を覚える。

（そっか。この子は、昔の私に似てるんだ……）

追い詰められて視野が狭くなり、たった一つのことだけに拘《こだわ》って。

まるでそれが世界の全てだと、本気でそう錯覚し思い込んでいた。

後悔への執着。悲しみを積み重ね、流した涙で前が見えなくなって。

曇った瞳で、未来を見通すことなんてできるはずないのに。

そんな私のことを見捨てずに、ユキは解放してくれた。なら、今度は私が——。

「祇京ちゃんはどうしたい？」

「──私は！　お義兄様の所に行きたいです！　お母様の所へ戻りたいです！」

「なら、行こうよ！」

こういうとき、きっとユキなら躊躇《ちゆうちよ》しない。行動することを躊躇《ためら》わない。

祇京ちゃんの小さな手を握る。立ち上がり、玄関に向かう。

こんなときくらい、感情の赴くままに行動したって、許される。

だってここに泣いている女の子がいるんだから！

ピンポーン
出鼻を挫《くじ》くように、チャイムが鳴った。思わず二人で顔を見合わせる。

悠璃さんが帰ってきたのかと思ったが、どうやら違うようだ。祇京ちゃんが涙を拭って、相手を確認する。外にいたのは年配の男性と女性の二人。

「どちらさまですか？」

控えめに玄関を開けて尋ねる。──と、その瞬間。

「──ッ！」

祇京ちゃんが小さく悲鳴を上げる。お爺《じい》さんが祇京ちゃんを抱きしめていた。

変質者かもしれない。私が祇京ちゃんを守らないと！

咄嗟《とつさ》に飛び出そうとする私を、お爺さんの声が押し留《とど》めた。

「すまない……。本当にすまなかった！　雪兎《ゆきと》だけじゃない。祇京まで──」

ユキの名前に、警戒心を解く。祇京ちゃんもどうしたものかと困惑している。

「貴方《あなた》、ほら、放してあげて。ごめんなさいねぇ突然。雪兎ちゃんに頼まれたから」

「あの、お二人は……？」

未《いま》だ抱きしめられてジタバタ藻掻《もが》いている祇京ちゃんの代わりに、私が尋ねる。

「すまなかったな。儂《わし》は『蒼月《そうげつ》』。秀偽《しゅうぎ》の父であり、祇京の祖父だ」

自己紹介にフリーズする。祇京ちゃんの祖父ってことは、ユキにとっても同じで。

「よっ、ただいま」

二人の後ろから、ユキが顔を出した。隣にはこれまた二人の男女。

「お母様とお父様？」

突然、訪れた理解不能な状況に、私と祇京ちゃんは仲良く『？』を浮かべた。

◇

あれからしばらく、騒動後に様子を見に来たのだが、凍恋家の空気は一変していた。

椿《つばき》さんは、まるで憑《つ》き物《もの》が落ちたように穏やかな表情をしている。一安心だ。

念の為、邪涯薪《じゃがいまき》さんにお祓《はら》いを頼んでよかった。おそらくはプラシーボ効果だが。

椿さんの威圧的な雰囲気は霧散し、祇京ちゃんを見る目は何処までも優しい。

母親としての強い愛情を感じる。慈しむような柔らかな笑顔。包容力に溢れていた。

この姿こそが、本来の椿さんなのだろう。魅力的で素敵な、自慢の母親だ。

追い詰められて、心に余裕がなかった。張り裂けそうな心を守るのに必死だった。それは悪いことじゃない。けれど、そんな状態が長く続けば、いつしか疲弊し限界を迎える。

誰が悪いわけでも、ましてや祇京ちゃんが悪かったわけでもない。しいて言うなら悪いのはおっさんだが、おっさんはおっさんなりに幸せを求めようとしていた。

ただ、少しだけ不器用で、自分が守らなければならないと勘違いしていただけだ。

そんなに人は――弱くない。脆《もろ》くない。その強さを信じきれなかっただけ。

おっさんが心から信頼することができていれば、起こらなかったはずの問題。

おっさんは恐れた。臆病だったのかもしれない。――失うことに。

それが家族を苦しめていた。だが、それも終わりだ。

あるべき形に戻り、家族の絆《きずな》は深まった。怯《おび》えていた祇京ちゃんはもういない。

今は祇京ちゃんからも、慕情とでも言うような、椿さんに対する気持ちが溢れている。

「お義兄様のおかげです。――お義兄様がお義兄様で本当によかった。おにおかです」

「その単語、使い勝手悪すぎない？」

あれから、祇京ちゃんは椿さんと沢山言葉を交わし、共に時間を過ごしたという。

本音を曝《さら》け出して、胸の奥にしまい込んでいた想いを伝えて。和解じゃない。理解。

親が子を支配するのではなく、一人の人間として、互いを認め合う。相互理解。

万感の想いが込められていた。希望など見えないまま、逃げ出し助けを求めた。

その出口には、明るい未来が待っていて欲しいと、心からそう願う。

「つまらないことで苦しんでいたような気がしますの。こんなにも支えられていたことに気づかないまま、ずっと、私だけが悲劇のヒロイン気分で、塞ぎ込んでいました」

椿さんの言葉には深い自戒が込められている。自分が娘を傷つけていたことが許せないと懺悔《ざんげ》し、泣いていた。それは紛れもなく子供を愛する母親の姿だった。

「他者を羨み、恨み、自らと比較して。羨望で周囲を傷つけ、全てを敵視し、呪った。そんなことに意味などありませんのに。私は醜く、おぞましい怪物でした」

悔恨に満ちていた。そっと祇京ちゃんの頭を撫《な》でる。

「貴女《あなた》はこんなにも心優しい子に成長していたのに、気づいてもいなかった」

「お母様は悪くありません！　私が期待に応えられなかったから――」

祇京ちゃんが浮かべていた涙を、優しくハンカチで拭う。

「いいのです。祇京、貴女は貴女の人生を生きなさい。望むままに、願うままに」

微笑《ほほえ》み、「それが貴女の幸せですから」と、囁《ささや》いた。

深い絆で繋がっているからこその信頼だった。祇京ちゃんは椿さんじゃない。そして、椿さんも祇京ちゃんじゃない。二人は、同じである必要も、越える必要もないのだ。

「雪兎ちゃんのおかげよ。私を叱ってくれて、解放してくれて、この子を攫《さら》ってくれてありがとう。貴方がいなかったら、祇京に取り返しのつかない傷痕を残すところでした」

「誘拐してお礼を言われるなんて初めてです」

「あらあら。うふふ。そうですわね」

コロコロと鈴を転がすような声で笑う椿さん。花が開いたように明るくなる。

人は、こんなにも印象が変わるのだと、今更になって感心していた。

「お義兄様、今日はお義兄様を遊戯にお誘いしとうございます！」

「闇の？」

「闇でも光でもございませんが？　お義兄様と遊戯。あぁ、魂を奪われてしまいそう♡　ですが、ご安心を。祇京はとっくにお義兄様に魂を奪われておりますので」

「俺は死神か？」

どうも、こんにちは。ソウルハンター雪兎です。

近所の世話焼きおばさんのような心境で、微笑ましく家族仲を見守っていると、祇京ちゃんから思わぬ提案をされる。もしかして蹴鞠《けまり》とか？　それとも川柳バトル？

「雪兎ちゃんは花札が分かる？　実はね、祇京と一緒に自作の花札を作りましたの」

「花札ですか！　実に京都っぽいですね」

京都と言えば、世界一の花札屋が有名だ。横スクロールの王であり、遊戯界の聖地。

オリジナルの花札。なんて魅力的な響きなんだ。俄然《がぜん》、ワクワクしてくる。

花札とは合計48枚で、一月から十二月まで、それぞれ4枚存在する札を組み合わせて役を作って得点を競う伝統遊戯である。絵柄が豪華な札ほど点数が高い。

「絵柄もそうですし、ここだけのローカルルールですが、オリジナルの新しい役もございます！　是非ともお義兄様《にいさま》と一緒に遊んでみたく思い、お誘いしました」

椿さんと祇京《ききょう》ちゃん、俺でテーブルを囲む。三人で遊ぶルールもあるが、まずは代表的な遊び方である『こいこい』を祇京ちゃんとやってみようということになった。

本来は親を決めるのだが、ここには親の椿さんがいるので、椿さんがカードを配ってくれる。配られた8枚のカード受け取り、場にも8枚のカードが並ぶ。

こいこいは先攻が有利な遊戯だが、ここは妹に譲ろうじゃないか！

「それではお義兄様、いきます！」

勇ましい声と共に、場に札が提示される。

「待てぇぇぇぇぇぇぇぇぇぇぇぇぇぇぇぇえええい！」

これも礼儀だ。一応、ここまで待って、満を持してのタイミングでツッコミを入れる。

「なにこの花札!?」

それは、未だかつて見たことがない斬新な花札だった。そこまではいい。だが――。

「雪兎ちゃんを驚かせようと思って。これは『凍恋《とうれん》家花札』なのよ」

「どうですかお義兄様？　私達の写真を花札にしてみたんです！」

「楽しそうで、ほっこりするね！」

とは言ってみたものの、これはなんか色んな意味でマズい。

椿さんや祇京ちゃん、おっさんの写真が花札になっている。なんという発想力。

花札は絵柄によって得点が決まっているのだが、手元の紙で役を確認する。

えっと、なになに。椿さんと祇京ちゃんが一緒に写っている札が二十点で、個別に写っている札が十点、五点か。なるほど。組み合わせもオリジナルの役があると。面白い！

「因《ちな》みに、あの人の札はカスですの」

「お父様はカスです」

「……おっさん」

憐《あわ》れなりおっさん。まぁ、母さんからの評価も散々だし、これまでの所業を考えれば仕方ないのかもしれない。しかし、この花札は極めて重大な問題を孕《はら》んでいた。

祇京ちゃんが手札から七月の札を出し、同じく場に出ている七月の札に重ねる。更に山札から引いた札を場に出ている別の札に重ねて4枚の役を作る。電光石火の早業だ。

そしてなにより、この4枚の札に共通しているのは、絵柄が椿さんと祇京ちゃんの水着写真ということだ。なんてけしからん花札なんだ。雪兎君もニッコリ――じゃない！

「お義兄様、これで4枚の役でございます。その名も『水着がいっぱい』。お覚悟を」

「花札における『一杯』はお酒のことであって、沢山という意味じゃないんだが……」

役にある『花見で一杯』や『月見で一杯』は花見酒や月見酒のように酒を意味する。

「今、気づいたけど、なんかこの花札。絵柄が全体的に肌色な気が……」

「凍恋家セクシー花札ですのよ。年甲斐《としがい》もなくはしゃいでしまいましたの。おほほほ」

「なにやら危険なワードが付け足されてますぞ!?」

俺の手札には十月の鹿に該当する札があるのだが、バニーガール椿さんの写真だ。役を確認すると、蝶《ちょう》と猪《いのしし》に該当する札もあるらしい。……完全にヤバい。

他にも、椿さんの札だけで役を作ると『椿タン』、祇京ちゃんの札だけで役を作ると『祇京タン』など、2000年代初頭のアキバ系「萌《も》え」文化を彷彿《ほうふつ》とさせるような名前の役になっている。おっさんに関しては、何枚揃《そろ》えてもカスだ。このカスが。

そして、花札における最強の役『五光』に至っては、到底口には出せないような際どすぎる絵柄（写真）の札になっていた。人前で遊べるかこんなもん！

このような暴挙、直ちにおっさんを呼び出して家族会議も辞さない。

「紙には記載していませんが、完全に秘匿された幻の49枚目となる札もありますのよ。なんとその札だけ一枚三十点としています。どちらが引くか楽しみですわね」

「ゲームにバランス崩壊要素は厳禁なはずでは……」

果たしてそれで花札が成り立つのだろうか？　最早《もはや》、花札とは完全に別ゲーである。

何故《なぜ》か祇京ちゃんが妙に恥ずかしそうにしていた。

「そのカードは私とお母様が逆バ――」

「はい、レギュレーション違反！」

バランス崩壊どころの騒ぎじゃなかった。種族値が800を超えている。

これまではギリギリ年上だから許されてきた風潮もあったが、幾ら何でも妹にそれはマズい。ここにきて椿さんの毒親度は別次元の飛躍的進化を遂げようとしていた。

「雪兎《ゆきと》ちゃんの好きなものを聞いたら、雪華《せっか》さんが教えてくれましたのよ」

「雪華さんの裏切者ッ！」

風評被害も甚だしい。あぁ、そうさ風評被害さ。完全に風評被害だね！

身内に発覚したスパイの存在に心痛な雪兎君です。

「何故だ……この冷や汗しか流れない展開に妙な既視感が――」

「さぁ、次はお義兄様の番ですよ。札をどうぞ」

俺の意見を一切聞かずに強引に進む宴《うたげ》。そうか、これはまさか九重《ここのえ》家対決では!?

「バカな……。どうして凍恋家でも同じに流れに……？」

何故か定期的に我が家で開催されている闇のサバト。よもや、こんなところで遭遇するとは思わなかった。ひょっとして俺が知らないだけで世間では常識だったりする？

恐れ慄《おのの》きながら、手札のおっさん札（カス）を、場のおっさん札（カス）に重ねる。

「お母様、お義兄様に勝てるかもしれません。祇京はお義兄様に『恋々《こいこい》』ですの♡」

「よかったわね祇京。さぁ、トドメを刺しておしまい！」

「はい、お母様！」

「容赦とかないの!?」

三光（発禁）を揃えて、勝ちを盤石にする祇京ちゃん。テーブルの上には目も当てられない惨状が広がっていた。思わず突っ伏す。惨敗だよ。勝てるわけねぇよこんなの……。

この花札は永久封印だが、祇京ちゃんは歓喜している。そんな祇京ちゃんの姿に、椿さんもとても楽しそうだ。きっとこんな風に過ごす何気ない時間が、二人にとって貴重で大切なものなのかもしれない。これまで不足していた分、少しずつ取り戻していけばいい。だって、二人は——紛れもなく互いを想《おも》い遣《や》る家族なんだから。

「ところで雪兎ちゃん。敗者は勝者のお願いを聞かねばなりません」

「条件の後だしズルくない？」

この花札に俺の勝てる要素あった？

「お義兄様、実は事前に用意していたんです。これなんてどうでしょう？」

妙に恥ずかしがりながら、祇京ちゃんがコトリとテーブルの上に小瓶を置いた。

「えっと……マッサージオイル？」

小瓶にはココナッツオイルと記載されている。肌に潤いを与える美容やアンチエイジング効果のあるオイルだ。確かに俺は日頃、母さんや姉さんによくマッサージを以下略。

オイル？　それってどうやって使うの？　うっ、猛烈な頭痛が！

「実は、桜花《おうか》さんから雪兎ちゃんはマッサージがとてもお上手だと聞きましたの」

「お義兄様、多芸すぎます。祇京には、到底真似《まね》できそうにありません」

「母さんの裏切者ッ！」

あの後、俺は修行僧になりかけたというのに、またしても苦行に従事しろというのか⁉

安直な前回の再放送など、そんなことは神が許しても読者が許さない（誰だよ）

おかしい。直接的な関係はないのに、何故こうも行動が似通っているのか……。

「お母様お母様、私、初めてなのでドキドキします！」

「女性にとって綺麗《きれい》になることは大切ですもの。貴女にもとても辛《つら》い思いをさせてしまいました。ストレスはお肌の天敵ですからね。一緒に綺麗にしてもらいましょう」

「はい！」

「なんて穢《けが》れのない健気《けなげ》な返事なんだ！」

もしや、邪《よこしま》なのは俺だけなの？　俺が間違ってるの？　母さん。ねぇ、母さんってば！

悶《もだ》え苦しむ俺を他所《よそ》に、椿《つばき》さんが、シュルリと浴衣の帯を解く。

「折角ですから、お風呂に入ってからにしましょうか。まずは血行を良くしないといけません。雪兎ちゃんも一緒に入りましょう。流石《さすが》に三人一緒は手狭かもしれませんが」

「はい？」

「祇京もお義兄様と一緒がいいです！」

「だからなんて穢れのない健気な返事なんだ！　えぇい、おっさんは何をしている!?」

こんなときにいないなんて、ホントにおっさんはカスだな！

「私達《たち》は家族ですもの。そんなに恥ずかしがらなくてもよいのですよ？」

ガシッと腕を摑《つか》まれる。そのままスルスルと浴衣を脱ぎ始める。

「家族というか、継母《ままはは》というか――」

もし仮に親権をおっさんが持つことになっていれば、椿さんは継母になっていた。

家族と言えば、確かにそうかもしれないが、なんとも複雑な心境だ。

「そうでした！　私は雪兎ちゃんのママでもあるのね……」

「あぁぁあああ！　どうして俺は人の家の庭に竹を植えるが如《ごと》き所業を!?」

竹は繁殖力が強いので、絶対にそんな悪戯《いたずら》してはいけないよ？　お兄さんとの約束だ。

「……いつからか、こんな気持ちも忘れていたのね。ずっと耳を塞いで生きてきたと、今なら分かります。とても胸が温かい。——雪兎ちゃん、たっぷり甘えていいんですよ？」

「もっと厳しく接してください」

こんなの絶対おかしいよ！　俺達、少し前に殺し合った仲だったじゃん！

「ずっと一人で寂しゅうございました。兄妹がいる友達が羨ましくて。やっと、お義兄様と会えて、こうして願いが叶《かな》ったんです。もっと、お義兄様のこと知りとうございます」

ガシッと腕を摑まれる。行動様式が完全に母さんや姉さんと同じだ。これが血族……。

こんなときに限って、細腕で途方もない腕力を発揮するのも一緒だ。

「分かった。質問には正直に答える。だから、その手を放そうか。オーケー。いい子だ」

「そうだ！　お義兄様。灯織《ひおり》さんから聞いたんです。後で、凧《たこ》で空を飛んだときのお話をお聞かせください。お義兄様ったら、まるで忍者のようで素敵です！」

「こういうとき、どうして皆、急に俺の声が聞こえなくなるんだろう？」

最大の謎だ。馬の耳に念仏。これを馬耳東風という。ヒミヤマユキトオーに会いたい。

こうしてはいられない。馬に乗れるよう乗馬訓練をしなければ！

「お義兄様、見てください！　お母様が新しい水着を買ってくれたんです！」

現実逃避している間に、祇京ちゃんが服の下に着ていたのか水着になっていた。花札の写真とは違うワンピースタイプの水着で、とてもよく似合っている。

「めちゃ可愛《かわい》い」

グッと親指を立ててナイスしておく。祇京ちゃんが顔を赤くする。

「！　お義兄様はいけずです。そんなこと言われたら、嬉《うれ》しくなってしまいます」

「あらあら。でも、祇京。お風呂で水着を着るのはマナー違反ですよ」

「も、申し訳ありませんお母様！　私はなんて非常識な真似を！」

「この場合、非常識なのはどっちですかねぇ!?」

椿さんは、すっかり浴衣を脱ぎ去っていた。それが常識を語る恰好《かっこう》だとでも!?

椿さんの裸を直視しないように妹にお説教だ。毒親の毒に染まってからでは遅い。

「いいかい？　こういうダメな大人になっちゃいけない。慎みと恥じらいを持った素敵な淑女になってくれると嬉しい。くれぐれもこういう大人になってはいけないよ？」

「あら、いやですわ雪兎ちゃん。冗談もお上手♪」

ダメな大人こと椿さんが、お上品に笑っている。見習ってはいけない大人の見本だ。

「はい。祇京は悠璃《ゆうり》お義姉様のようなエレガントな女性になりとうございます！」

「それもっと見習っちゃダメなやつ！」

なんて恐ろしいことを言うんだ。智天使《ちてんし》、悠璃さんは誰もが認める才女であることに疑いはないが、どういうわけか、俺に対しては知能指数が著しく低下する傾向にある。

週に三回くらいは出会い頭に「だっこ」とか言ってくる。何故、幼児退行を……？

「そういえば、悠璃お義姉様が、お義兄様《にいさま》はヨガやピラティスにも精通していると」

「そうなんですの？　ますます楽しみになってきました。ほら、行きますよ雪兎ちゃん」

「悠璃さんの裏切者ッ！」

ブランクが存在するとは思えないほど、母娘による完璧な連携が披露されていた。

「いやぁぁぁぁぁぁぁぁぁあああ！」

甲高い俺の悲鳴が凍恋《とうれん》家に響き渡ったという。

◇

「なるほどのう。それで二世帯住宅を」

「はい。妹には味方が必要かと思いまして。上手《うま》く話がまとまってよかったです」

縁側でお茶を啜《すす》りながら、利舟《りしゅう》さんに事の顛末《てんまつ》を話す。

母さんから、おっさんの実家である蒼月《そうげつ》家のことを聞いた俺は、直接出向いた。

立派な一軒家だったが、住んでいたのは祖父と祖母の二人だけで、持て余していた。

とても寂しい家だった。昔は活気があったのだろう。しかし今では、二階へ上がるのは月に一度、掃除をするときだけだという。広さは無用の長物になっていた。

近く施設へ入居する予定らしい。そこで凍恋家で同居しないかと提案した。

孫の祇京《ききょう》ちゃんが苦しんでいることを知った祖父と祖母はすぐに頷《うなず》いてくれた。おっさんが両親と絶縁したことで、祖父と祖母は孫と会うこともできずにいた為《ため》、ずっと心残りだったそうだ。同居することで、祇京ちゃんも安心できるに違いない。

問題は祇京ちゃんと椿さんの関係だったが、俺が凍恋家に行ってやったことと言えば、単に家事である。食事を作り、毎日、おっさんのワイシャツにアイロンを掛け、裁縫しながら過ごしていた。完全に主夫だ。椿さんは専業主婦だったが、俺の家事スキルを見せつけてやった。無論、そこには理由がある。俺は家庭内の椿さんの役割を全て奪った。

椿さんは専業主婦でありながら、何もやることがない。俺がその存在を否定した。専業主婦なのに魚も捌《さば》けないのかと罵倒し、専業主婦なのに洋服一つ満足に作れないのかと罵り、まるで寄生するだけの役立たずなニートじゃないかと虚仮にしまくった。

激高した椿さんに危うく殺されかけ、二階から突き落とされそうになったが、自分で蒔《ま》いた種なので、ある意味それこそが狙いと言える。椿さんには必要だったことだ。

心身のバランスを崩していたので、加減はしていたが、精神的に追い込むには十分だったのだろう。そして気づいたはずだ。祇京ちゃんの全てを否定してきた愚かさを。

俺がやったことは、椿さんが祇京ちゃんにやってきたのと同じ存在意義の否定。努力を認めず、無限の献身を求め、結果が全てだと非情にも切り捨てる。

そんなことをされれば、家は安らげる空間から地獄へと変わってしまう。

椿さんは祇京ちゃんに依存していた。支配し、自分の思い通りになる人形だと、自らの無念や後悔、そして復讐。その全てを注ぎ込んでいた。祇京ちゃんの尊厳を弄んだ。

愛しているが故に幸せになって欲しい。そう願っていたとしても、子供に依存していれば、どちらも幸せになれない。祇京ちゃんの人生があるように、椿さんの人生もある。

だから俺は、その関心を逸《そ》らすことに全力を注いだ。かつては、椿さんにもちゃんと趣味があった。自分の人生を生きていた。見せてもらった日本舞踊の舞は錆《さ》びついておらず、いたく感動したものだ。感嘆の声を上げる俺に、椿さんもまた忘れていた感情を取り戻しつつあったのだろう。楽しさを思い出していた。家庭に入ってから全てを犠牲にしてきたが、祇京ちゃんだってもう中学生だ。手のかかる子供じゃない。

椿さんに外で働いてみることを提案すると、おっさんは難色を示したが、椿さんの反応は上々で、おっさんも渋々認めるしかなかった。おっさん、弱すぎる。

おっさんは椿さんを守ろうとするばかりに、いささか過保護になりすぎていた。家の中にいるだけの生活をしていると、どうしても社交性は損なわれていく。そこから解放すれば、椿さんもこれから徐々に祇京ちゃんへの執着や依存を減らしていくだろう。

互いに尊重し合う適切な関係に修復されていくことを願うばかりだ。

凍恋家はかなり広い。二世帯住宅へのリフォームも容易だし、スッキリ解決だな。

「そこで、利舟さんにご相談なのですが」

「ほう。何やら面白そうな予感がするのう」

俺は本題に入ることにした。祖父母が蒼月家から出るに当たり、二人が住んでいる家を譲ってくれることになった。これぞ棚から牡丹餅《ぼたもち》、瓢簞《ひょうたん》からコマだ。

老朽化しているので、そのままというわけにもいかず、リフォームか、解体して新築の一軒家を立て直すつもりだが、そこで問題が一点、発生したというわけだ。

「実は、家の前に建っている築五十年のアパートも持ち物件なのですが、もしよければ譲ると言われてまして、これはどうしたらいいものかと。二人が施設に入居予定だったこともあり、新規の入居はストップしているのですが、引き継いでいいのでしょうか？」

蒼月家は祇京ちゃんだけじゃなく、俺達のこともずっと気にかけてくれていたそうだ。

母さんと別れた経緯からしても、祖父母の方から連絡してくるわけにはいかなかったのだろう。俺が顔を見せると、泣きながら歓迎してくれた。だからこそ、不労所得になるアパートを譲ってくれようとしているのだが、如何《いかん》せんどうすればいいのか分からない。

「ふぅむ。今、住んでいる住人はおるのか？」

「一人だけいますが、その方も一か月後に老人ホームへ移られるそうです。その後は、取り壊して土地を処分する予定だったそうなので、募集を再開していいんですかね？」

その辺のノウハウはないので、不動産屋に丸投げだが、築年数から言って、どれくらい需要があるのか皆目見当もつかない。好立地だけに負動産になるリスクが低いのが幸いだ。

「お主、この立地じゃぞ。そのまま再開するのは勿体《もったい》ないじゃろ」

「じゃあ、売っちゃいますか」

「待て待て待て。そうじゃのう……。よし、取り壊して、ここに新たにマンションを立ててはどうじゃ？　低層階がいい。タワマンほどでなくとも、高層階は不便じゃしな」

タワマンに憧れる人も多いが、意外とデメリットも多い。電波の通りも悪いし、洗濯ものだって、ベランダで干せなかったりする。何より毎日上り下りが面倒だ。

利舟さんの提案に首を捻《ひね》る。

「そんなこと言われても、そんな資金ありませんよ」

固定資産税や相続税、厳密には孫に相続は発生しないのだが、譲ってもらうと言っても、実際に無料で譲渡が成立するわけじゃない。これほどの土地だと、金額も膨大だ。

そこに加えて、マンションの建築費？　既に借金二億の俺に？　ムリムリ！

「安心せい。儂《わし》が出す。この立地なら回収は容易じゃて」

「安心要素皆無だ!?」

幾ら何でもそこまでしてもらったら、後が怖い。氷見山《ひみやま》さんと本気で結婚する未来が見えてしまう。それはそれで幸せな生活を送れそうなので、問題はないが。

「そうじゃ！　そのうち一室は美咲《みさき》の部屋として儂が借り上げよう。よいな？」

「選択肢があるようで、ないような質問止《や》めてくれます？」

「俄然《がぜん》、楽しくなってきたわい。この手の住居用マンションは一階の需要は低いからのう。テナントを入れるのが最適かもしれん。コンビニかスーパーか。事務所という手もある」

言われてみれば確かにそうだ。部屋が一階だと人目が気になり、窓も開けづらいし、防犯面も気になる。その点、逆にテナントなら一階の利点は大きい。勿論《もちろん》、入るテナントによってはデメリットも発生するが、格段に利便性は向上するだろう。

「いっそ、儂も引っ越すか。東城《とうじょう》の選挙事務所を移してもよいぞ」

「それならもう利舟さんが管理した方がよくありません？」

氷見山家なら、上手いこと運用してくれるだろう。

「それじゃあ、面白くないじゃろ。お主がいてこそ価値があるというのに」

「この一族からの評価が不当に高すぎる……」

利舟さんが何処《どこ》かに電話を掛けると、あっと言う間に建築会社の担当者が集まった。

いつの間にか、ちょっと相談するだけだったのに、話が引き返せないところまで進行している。行動力のなせる業だ。これ、どうするの？　え、本当にマンション建てるの？

「それぞれプランの提案を頼むぞ。儂と、ここにいる雪兎《ゆきと》君の二人で判断する」

また要らんことを言う利舟さん。担当者の俺を見る目つきがギラギラしていた。

各担当者に次々と細かい指示を出していく。この辺りは流石《さすが》の貫禄《かんろく》だ。

「そうじゃのう。美咲の部屋はファミリー向けにすべきか。家族が増えるかもしれんしな。ファーッハッハッハッハ。ひ孫を見るまで、成仏できそうにないのう」

じいさん絶好調。プランはともかく、担当者が持ってきたパンフレットを見ると、どれも最新設備が整った高性能マンションで、築五十年のアパートとは雲泥の差がある。

これなら、入居者がいなくて困るということもないはずだ。

時代は創エネ、ＺＥＨ《ゼロエネルギーハウス》。当然、自宅はそうするつもりだったが、マンションもそうなると、いったい幾ら建築費がかかるのか想像もつかない。

「おっと、そうじゃ。マンション名を決めねばな。自由に決められるのはオーナーの特権じゃぞ。中には例外もあるが、そんなつまらん名前にはせんじゃろう」

スマホで調べてみると、地名や施設を誤認させるような名前は不可らしい。

逆に最寄り駅の名前をつけたりするのは可能だ。分かりやすさは重要である。

しかし、いきなり言われてすぐに思いつくはずもない。

流行《はや》りの名前を調べてみると、確かによく耳にする名称が多い。

グランデ？　メゾン？　ブリリア？　なるほど、お洒落《しゃれ》だ。いっそ、クソダサネームにしてみたい欲求に駆られるが、入居率への影響が甚大になりそうなので、躊躇《ちゅうちょ》してしまう。

「ヒミヤマユキトオーパレスなどどうじゃ？」

「その名前、好きですねぇ!?」

それだとただ氷見山さんと俺の愛の巣でしかない。

ヒヒーン。嘶《いなな》きながらスマホを見ていると、あの名前を忘れていることに気が付いた。

マンション名の代表格と言えば、そう、百獣の王ライオンだ。

誰でも一度はライオンの名前を冠するマンション名を聞いたことがあるだろう。

待てよ？　そういえば、母さんが独立するのにオフィスをどうしようか話していた。

一階部分、或《あ》いは二階部分をテナントにすれば、自宅から即職場へ直行だ。

氷見山さんが住むことになり、母さんのオフィスが入居する？

そして、百獣の王ライオン。有機的に繋《つな》がる一本の線。画期的名称を閃《ひらめ》く。

「決めましたよ利舟さん！」

「流石、お主は決断が早い。それでこそ儂が見込んだ後継者」

「いや、それはちょっと」

ほら見ろ。集まっていた建築会社の担当者さん達《たち》が「おぉ！」とかざわめいている。

クックック。会心のアイデアに自画自賛を隠せない。

披露しようじゃないか。この九重《ここのえ》雪兎が考え出したマンションの名称を。

「マンション名はズバリ【ヒロインズマンション】です！」

九重雪兎（十六歳）、借金だいたい十億円（※土地代除く）

◆

一方、その頃。

「あの、よろしくお願いします！」

初々しい様子に苦笑する。かつては自分にもそんな時代があった。微笑《ほほえ》ましいと感じてしまうのは、それだけ社会人としての時間を過ごしてきたからなのだろう。

「そう緊張しないで。面接じゃないんだし、あくまでもプライベートだから」

「は、はい」

緊張を解きほぐすように、声をかける。喫茶店で面接するはずもない。

桜花《おうか》からしてみれば、これはどちらかと言えば個人的な相談であり、お願いする立場だ。

アイスコーヒーに口をつける。正面に座るガチガチに緊張した女性は、少し前に息子を救ってくれた恩人。雪兎もとても感謝していた。人となりについては申し分ない。

「二宮《にのみや》さんよね。息子のこと、助けてくれてありがとう。貴女《あなた》がいなかったら、謂《いわ》れのない罪で、学校を退学になっていたかもしれない。……あの子は昔から色々あったから」

色々。そんな言葉では済まされないほど、苦い経験ばかりだ。

「い、いえ！　当然のことをしただけです！　私もああいうの許せなくて。それに、私の体調が悪いことに気づいて、最初に助けてくれたのは雪兎君なんです。それなのに、むしろこんな風に紹介して頂けるなんて、私の方こそお礼を言わせてください！」

ペコリと、大学生の二宮澪《みお》が頭を下げる。礼儀正しい。桜花から見ても好印象だ。

（まったく、こんな良い子、何処で引っかけてきたのかしら……？）

電車の中だ。それは分かってる。はぁ。……息子の交友関係の広さに内心で嘆息する。目を離すとすぐにこれだ。離さなくても女性に引っ掛かる。難儀な息子の体質。

気持ちを切り替えるように、本題を切り出す。

「それで、インターンの件だけど、実は少し貴女に確認したいことがあって」

「やっぱり難しいでしょうか？　それならそれでいいんです！　元々、無理をお願いしている立場ですし、なんというか、少しズルい気もしていて――」

僅かに言い淀《よど》んだ言葉に反応し、澪が続ける。勘違いさせてしまったようだ。

「そういうわけじゃないの。会社としては優秀な学生の入社はとても望ましいことだもの。人手不足も深刻だし、いつだってウェルカムだわ。それは問題ないんだけど……」

要領を得ない言葉に、澪が困ったような表情を浮かべる。

こうして直接会っているのだから、どのみち、腹を決めて話すしかない。

「単刀直入に言うわね。――二宮さん、私と一緒に働いてみない?」

「それはどういう……?」

澪が困惑したように、首を傾《かし》げた。


「実はね、貴女のことを聞いて、最初は部下に任せようと思っていたの。そのうち、私の仕事を柊《ひいらぎ》と一緒にこなせるようになってくれればって。そう思ってたんだけど……」

事情を澪に説明していた。独立は当初の計画より大幅に前倒しになっている。

それもこれも雪兎本人の申し出とその人脈によるものだが、どうして社会人の自分より学生の息子の方が人脈作りが上手《うま》いのか分からない。人脈チートもいいところだ。

「柊もね、私についてくるって言うし、まったく、あの子はもう……。まぁ、それはいいんだけど、どうしてもまだ数人、人が必要だから、貴女に声を掛けてみたの」

「でも、どうして私なんですか?」

澪の疑問は尤《もっと》もだが、桜花としては、むしろ当然の提案とも言える。

「それはだって、信頼できる相手じゃないと、一緒にやれないでしょう？」

従業員の多い大企業と違い、独立して一から会社を始めるには、志を同じくする仲間が必要だ。結局は社会というものは人間関係に帰結する。個人事業主や、フリーランスだって、他者との交流なしに仕事はできない。だからこそ、澪に声を掛けた。

澪が安定を求めて就職したいというなら、そのままインターンに迎え入れればいい。それもまた澪の判断であり人生だ。尊重すべきであり、桜花に口を挟む余地はない。しかし、会社ではなく、仕事内容そのものに興味を持ってくれているなら、桜花の誘いに乗ることも一つの選択肢だ。責任も重くなるが、その分、やりがいはある。

「もちろん、貴女が後から今の会社に転職したいというなら、推薦するから安心して？」

今の会社に就職した後、桜花の独立についていくとなると完全な引き抜きになってしまう。それはあまりに不義理だし、仁義に悖《もと》る。だが、独立した桜花の会社でキャリアを積んでから今の会社に転職するのなら何ら問題はない。即戦力として採用されるはずだ。

「ごめんなさいね、急にこんな話をしてしまって。驚いたでしょう？　少しでも興味があればと思って話しただけだから、あまり深刻に捉えないで。独立だってまだ準備中だし」

安定か挑戦か。今の時代、なかなか後者を選べる人はいない。少なくとも、ある程度の企業に就職することができればステータスになる。手探りの道を進む必要はない。

「やります！　やらせてください！」

前のめりに澪が答えた。あまりに潔い決断に、桜花は目を丸くする。

「誘っておいてなんだけど、もう少し慎重に考えた方がいいんじゃないかしら？」

転職などよくあることだが、それでも新卒社会人、それも娘の就職先となれば、澪の両親だって気にするだろうし、彼氏との交際や結婚にだって影響があるかもしれない。

福利厚生は充実させるつもりだが、産休や育休など女性は何かと大変だ。

「大丈夫です！　私、ずっと九重さんみたいな人、尊敬していて。お仕事にも憧れていたんです。それにもし困ったことがあったら、雪兎君がなんとかしてくれるはずですから」

確かに息子なら、なんとかしてくれるだろう。なんでもなんとかするのが息子だ。

それこそ桜花や悠璃《ゆうり》も日夜頼りにしている。人のことはとやかく言えない。

だが、これだけは言っておかなければならない。親としての責任だ。

「息子は絶対に渡しませんからね！」

「以前、プールに行ったとき、すごくデレデレしてたんですよね。それが可愛《かわい》くて」

「——ごめんなさい。急用ができたわ」

席を立とうとする桜花を澪が慌てて制止する。

「すみません、冗談です！　あのときはトリスティとの二人だったから——」

「二人？　すぐ雪華《せっか》にも来てもらわないと。いえ、そうだわ！　柊なら若さで対抗！」

「落ち着いてください！　どうされたんですか⁉　さっきまでの冷静さは何処に——」

取り乱す桜花を澪は必死に宥《なだ》めるのだった。

「あのさ、話したいことがあるんだ。少し時間あるかな？」

フラれたはずなのに、こうして未練がましく連絡してしまう自分に苦笑する。

でも、どうしてもユキに会いたかった。確かめたいことがあった。

ユキは忙しい。それも尋常じゃない忙しさだ。むしろ好き好んで忙しくなっている。

予定があるかもしれないと思ったが、予想外に、あっさりユキは応じてくれた。

『いいけど、これから動物を見に行くんだが、汐里《しおり》も一緒に行くか？』

「動物!?　行く！　絶対に行く！　動物園だよね!?　私、好きなの！」

『動物園？　確かに動物園と言えなくもないが……』

「すぐに準備するから、待ってて！」

電話を切って、急いで着替え始める。こうしてはいられない。

思いがけない偶然に感謝する。誰かと一緒かもと思ったが、どうやら一人みたいだ。

一人動物園なんて、私には到底できそうもない。ユキのメンタルってやっぱり最強だ。

ユキと動物園デート。にやけるのを抑えきれない。フラれた後にデートというのもおかしな話だが、関係が気まずくならないのは、ユキの器がとんでもなく大きいからだ。

中学の頃、オナラをしてしまった女子に、ユキは「いい匂いだから気にするなよ」と励ましていた。気の使い方が間違っている。が、結果的に笑い話で綺麗《きれい》に丸く収まっていた。

「…………楽しいな」

話しているだけで、次に何が起こるのか期待するだけで楽しい。それがユキだ。

私の中に生まれた想《おも》いは、一つの形になろうとしていた。掲げた理想。なりたい私。

それをユキに聞いて欲しいんだ。親よりも、誰よりも早く、真っ先に。

ユキの背中を追いかけるだけじゃない。隣を歩く為《ため》に目指す私の道を——。

「大丈夫。ユキは否定したりなんてしない！」

それは、絶対的な信頼。——開けた未来。私の瞳に曇りはなかった。

◆

「④番行け！　そのまま逃げ切れ！　⑧番に負けるな！　クソ、なんで下がるんだよ！」

「ユキのバカァァァァァァァァァァア！」

どんよりした曇り空の下、汐里の叫びが木霊することはない。熱狂にかき消される。

「どうしたんだそんな万馬券外したおっさんみたいなリアクションして」

「これの何処《どこ》が動物園なの!?」

「？　馬を見れるだろ。それに悲喜こもごもな人間模様はまさに動物園！」

「ここ競馬場じゃん！」

俺と汐里がいるのは競馬場だ。俺達は席に座りレースを観戦していた。

「動物を見に行くって言っただろ」

「これはなんか違う！」

何故《なぜ》か納得しきれない汐里に、俺は呆《あき》れたように嘆息する。

「それになんだその恰好《かっこう》は。ドレスコードってものを考えろ」

「知らないよ!?」

「いいか？　競馬場では耳に赤鉛筆を挟んで競馬新聞を持つのが礼儀だ」

「周りにそんな人いないけど？」

「これも時代か。悲しい話だ……」

アナログスタイルは俺だけだった。赤鉛筆を耳から外す。

「それはそれとして、その服、似合ってて可愛いな」

「どういうメンタルしてたら、このタイミングで褒められるの!?」

動物園に行くことを想定していた汐里は動きやすいラフな服装だった。動物と触れ合ったりする体験イベントなどに参加すると、汚れる可能性もある。妥当な判断だ。

「ねぇ、ユキ。大丈夫なの？　私達、未成年だよ？」

「心配するな。馬券さえ買わなかったら何の問題もない」

入場料も二百円と割安だ。競馬場に初めて来たが、熱気と欲望が渦巻いている。

これはこれで新鮮な経験だった。とはいえ、今後もギャンブルは厳禁だが。

「どうして競馬場に行こうと思ったの？」

「俺は馬主じゃないんだが、今度、俺の名前が付いた馬がレースに出走予定なんだ。白くて可愛い馬で、名を『ヒミヤマユキトオー』という。ネーミングライツみたいなものか」

「気になる点が多すぎる！」

汐里に経緯を詳しく説明する。馬券は買えないが、俺だってヒミヤマユキトオーの行く末は気になる。今後、競馬新聞や競馬中継で名前を目にすることがあるかもしれない。

何事も経験だ。競馬場とはどういう所なのかこうして視察しに来たというわけだ。

「次は利舟《りしゅう》さんに頼んで馬主専用の馬主席に連れて行ってもらおうぜ。特別扱いのＶＩＰ席だぞ。ＶＩＰ席。そっちは本当にドレスコードがあるらしいが……」

フォーマルな衣装が推奨されている。是非とも一度体験してみたいものだ。

「でもでも、『ヒミヤマユキトオー』って、名前どうにかならないの？『ユキトオー』なら心から応援できるのに。どうせなら『カミシロユキトオー』にして欲しかった」

「だから、ユキトオーの方を変えて欲しいんだが……」

何故、頑《かたく》なにユキトオーを残そうとするのだろうか？　ヒヒーン
レースを見終わり、席を立つ。場内には飲食店が並び充実している。グッズショップには、クッキーやＴシャツ、ぬいぐるみなど、想像とは違いラインナップ豊かだ。

「なんだか男性が多いイメージだったけど、雰囲気違うね」

「もっと、おっさんの怒声が響き渡る退廃的な所かと思ってたが、意外と綺麗だな」

　人生を賭けた勝負に敗れたギャンブル中毒者が殴り合う光景とかを想像していたのだが、騒然とした雰囲気はない。それこそ動物園のお土産コーナーのようなワクワク感もあり、汐里も楽しそうにしていた。俺も家族にお土産を買っていこうっと。

　そんなこんなで満喫していると、体調不良だろうか。男性が運ばれていくのが見えた。

　俺と汐里が座っていたのも屋外席だが、曇りだからといって、蒸し暑いことには変わりない。一レースだけならまだしも、長時間観戦していれば、体調不良も起こしかねない。

「熱中症とか大丈夫か？」

「うん！　平気だよ」

　ニッコリ笑っているが、そんな笑顔を信じるほど俺は甘くない。

「念の為だ。これ貼っとけ」

　汐里のおでこに鞄《かばん》から取り出した冷却シートを貼り付ける。ついでに俺も貼っておく。

「あははは。変なの。でも、一緒だね！」

「見得より実利だ」

　雪が降って滑り易《やす》いのに、ヒールを履いて歩くような無謀なことはしてほしくない。

　スノーブーツは用意していないにしても、最低限のリスク管理は必要だ。

　大事故や大怪我《おおけが》してからでは遅いのだ。後悔先に立たず。みんなも気をつけてね？

「ユキってさ、いつも準備万全だね」

「俺は運がべらぼうに悪いからな。救急セットは必需品だ」

これまでの経験を踏まえれば、おのずと学習すると言うものだ。

ふいに、汐里の表情に真実味が宿る。まるで、何かを決意したような表情。

「あのさ、ユキに聞いて欲しいことがあるの！」

汐里が意気込む。そのまま胸に飛び込むように、身体《からだ》ごと身を乗り出してくる。

勢い余って、受け止める。限りなく近い距離。視界いっぱいに広がる汐里フェイス。

「あ、あわわわ！　近っ、ユキの顔が！　あの、あの、キキキキ、キスしていい!?」

「落ち着け」

混乱している汐里だが、聞いてくるだけ善良だ。この世は善良じゃない人が多すぎる！

ピタリと抱き着いたまま、離れようとせずに汐里が呟《つぶや》く。

「――もう少しだけ。勇気が欲しいんだ」

その言葉に俺は、ただ頷《うなず》くしかなかった。

◆

「ごめんね。こんな時間まで付き合わせちゃって」

「ここは……？」

日が沈み、夜の帳《とばり》が降りようとしていた。

汐里から「ついて来て欲しい場所がある」と言われ、案内されたのは、かつて俺が汐里を庇《かば》い怪我をした、あの歩道橋だった。事故に遭ってから、何度も通った道。だが、汐里と二人で来たことはなかった。避けていたつもりはないが、自然とそうなっていた。

　道路を見下ろせば、車が走っている。絶え間なく鳴り響くエンジン音。それが何処か心地よくて、耳を澄ます。自動車の往来を眺めていると、不思議な気持ちが湧いてくる。

　俺とは無関係な人達《たち》の流れ。けれど、そこには一人一人の人生があり、いつか誰かと道が交差することがあるのかもしれない。――同じように、別れることも。

「今日、楽しかった！　いきなり連絡したのにお願い聞いてくれて、ありがとう」

「そういえば、話したいことがあるとか言ってたな」

「うん。どちらかというと――聞いて欲しいことかも」

　汐里も眼下に視線を向ける。その瞳が見据えているものが何なのか、俺は知らない。

　街の夜は明るい。まだまだ喧騒《けんそう》も絶えない時間。見え隠れする汐里の表情に安堵《あんど》する。

　ポニーテールも落ち着いていた。以前のような焦燥を感じることもない。

　数か月前の汐里なら、事故が起きたこの場所で、今のような顔はできないはずだから。

「風が気持ちいいね」

「秋が待ち遠しい」

　夏を嫌と言うほど満喫した。クラスメイトと海にも行ったし、家族と旅行にも出かけた。プールでひと夏のアヴァンチュール（失笑）や、山に行って昆虫採集もした。雨で出かけられない日は、爛《ただ》れたゲームに興じ、服を作ったりSNSが炎上したり、夏をやり尽くしたと言っても過言ではない。今だって家に帰れば、最近海外にヌーディストビーチがあることを知った姉さんが「ヌーディストホームよ」とか言い出すし、母さんも電気代の節約とか言って、家でもやたら水着を着ていたりする。頭、常夏かよ。早く来てくれ秋！

そんな思い出してはいけない思い出ばかりだが、その中に汐里がいたこともある。

記憶の中にある表情。振り返れば、汐里はずっと――。

「そうか。なるほど……。君はようやく乗り越えたんだな」

「あはは。――ユキって、ホントに察しがいいよね」

困ったように笑う。それが何よりも証明していた。

高校で再会した頃の、泣きそうな顔で謝罪を繰り返すだけの汐里はもういない。

「しつこいようだが、謝罪はいらない」

「……言わないよ。だって、ユキが望まないもん」

気にしてないと、俺が何度言っても通じなかった。悔やみ、嘆き、後悔の果て。

汐里がどれほど涙を流したのか、どれほど悲嘆に暮れたのか、俺には知る由もない。

けれど、ただ一つ言えるのは、俺がそれを望んでいないということだけ。俺は俺の判断に従い行動を起こした。その結果は全てが自己責任だ。俺が背負うべきもの。

「女バスさ、楽しいよ。先輩達も優しいし、毎日充実してるんだ」

「部長に高く売りつけた甲斐《かい》があったな」

「人身売買だったの!?」

汐里《しおり》がガビーンとショックを受けているが、汐里はそれだけ必要とされている。女バス以外にも欲しがっている運動部は沢山あった。引《ひ》く手数多《てあまた》の人気者。汐里は俺の腕を逆方向に曲げたが、俺が曲げたのは汐里の人生そのものだ。どちらがより罪深いかは言うまでもない。ようやく、ようやく汐里は気づいてくれたらしい。

――汐里の居場所は、俺の隣じゃない。

「ユキは過保護すぎるよ」

汐里が振り向く。言葉を探しながら、手探りで。

汐里が指先で腕時計を撫《な》でる。俺が作って渡した自作の時計。

「これはきっと劣等感。私は、ユキが用意してくれた道を歩いているだけ。女バスだって、私が受け入れてもらえるようにユキが準備してくれた。お金だって、ユキがいなかったら稼ぐことなんてできなかった。ずっと甘えて、優しさに溺れて――フラれちゃった」

「それは違う」

過保護なんかじゃない。俺はただ汐里から奪ったものを返そうとしただけ。

無駄にした時間、送るはずだった楽しい青春。汐里には幸せになるべき道が――。

「私を子供扱いしないでユキ」

サッと背後に回った汐里が俺の背中に頭を預ける。強い拒絶。

それは、初めて汐里から感じる明確な否定の意思表示だった。

「……おっきいね、背中。恰好良くて、逞《たくま》しくて、守ってくれた。ずっと追いかけてきた

から分かるの。追いつきたくて、いつか隣に立てるようになりたいって、そう思ってた。でも、ユキはどんどん前に進んでいっちゃうんだもん。私じゃ、追いつけないよ」

汐里の繊細な指先がTシャツをキュッと摑《つか》む。声が震えていた。

それでも、見なくても分かる。汐里は今、泣いてなんかいない。

「でもさ、それも当然だった。追いつけないのにはちゃんと理由があって、ユキは最初からそれをずっと教えてくれていたのに、随分と回り道しちゃった。私ってバカだよね」

「追いつく必要なんてない。何度も言うが、君は君の人生を謳歌《おうか》すべきだ」

今更、問答がしたいわけでもないだろう。

「そう、追いつく必要なんてなかった。ユキから見れば、私なんて何もできない子供だもん。自分のことすら、自分で決められてなかった。でもね、見つけたの！」

パッと、汐里が離れる。数歩、後ろに下がり、勢いよく頭を上げる。

「見つけた？」

分からずに聞き返す。分かりやすい汐里のことが分からない。奇妙な感覚。

潤んだ大きな瞳が、訴えかけていた。力強い光を灯《とも》して。

「何をやりたいか、何を目指すべきなのか。進むべき——私の道を」

汐里は未来を語ろうとしている。——俺のいない、俺とは無関係なその先を。

「私が言うべきだったのは、ごめんなさいじゃなかった。——ありがとう、だよね」

謝罪ではなく感謝。それは紛れもなく汐里の成長。子供から大人へ。

狭い世界の中で、俺に執着していた汐里が、羽を広げ飛び立とうとしている。

汐里が月に手を伸ばす。届くはずがない。求めているのは、自由。

これは俺達の『別れの儀式』。

この世界には、大勢の人が暮らしている。何も俺に拘《こだわ》る必要なんてない。何処《どこ》かに汐里のことを大切に想《おも》い、愛し、幸せにしてくれる存在がいる。

今の俺には到底不可能な大役。荷が重い。その覚悟もない。だから――。

「聞いて、ユキ」

まるで、別人のようだった。俺の知らない大人びた神代《かみしろ》汐里。

汐里のフィジカルはずっと最強だった。そこにメンタルが加わろうとしていた。

心の強さ、芯が伴い、これまでの汐里とは異なる魅力を放つ少女。いや――女性。


「私ね、将来、看護師になりたいの！」


「……看護師？」

思いがけない単語に、表情を曇らせる。

「汐里、それは……」

「違う！　そうじゃないの！　これは私の夢。勘違いして欲しくないの！」

疑念を払拭しようと、慌てたように汐里が言葉を続ける。

「この前、部活中に先輩が怪我したの。マネージャーをしてるとき、ユキから教えてもらった応急処置が役に立った。先輩から感謝されて嬉《うれ》しくて、こんな私でも、誰かの役に立てるんだって。ユキが怪我をしたとき、私は何もできなくて、ただ狼狽《うろた》えるばかりで」

まるでプレゼンテーションのように、淀《よど》みなく語られていく想い。

何度も練習を重ねたのだろうか、今、この瞬間の為《ため》に。

「そのとき、思ったんだ。私も、誰かを支えられるような、そんな人間になりたいって」

汐里は吹っ切れたように晴れやかで、毒気を抜かれる。

「これは私が見つけた、私だけの大切な約束。もちろん、ユキのことも影響がなかったわけじゃないよ。でもそれを引きずっているわけじゃないの！　困っている人の、助けを求めている人の一番近くで、支えて励ましてあげられるような、そんな職業に就きたいって、心からそう思えたから。……私が自分の意思で決めたの。誰の為でもない、私の為に！」

胸に手をやり、静かに言葉を紡いでいく。揺るぎない汐里の決意がそこにあった。

衝撃を受けていた。いつから俺はそんなに驕《おご》っていたのだろうかと。

もとより、汐里の決断に俺が口を挟む余地はない。俺はいつの間にか汐里のことを見下していたのかもしれない。侮っていた。――彼女はこんなにも、強い女性なのに。

「君が看護師なら、患者は大喜びだな」

「そうかな？」

恥ずかしそうにはにかむ。天真爛漫《てんしんらんまん》な汐里の存在は、患者に元気を与えるはずだ。

傍《そば》にいてくれるだけで、気持ちが明るくなる。俺がそうだったように。

それは汐里が持つ、汐里だけの天性の才能。

「はぁ……」

小さく嘆息する。俺は大馬鹿野郎だ。汐里のことを何も分かっちゃいなかった。

いや、母さんのことも姉さんのことも、灯凪《ひなぎ》のことだって。俺は誰のことも真に理解などしていなかったのかもしれない。自惚《うぬぼ》れて、分かったような気になっていただけ。

肩の荷が下りたような気がした。もしかしたら、これまで深刻になりすぎていたのかもしれない。雪華《せつか》さんの言うように、結果的に俺は誰のことも信じていなかった。

だって、俺は俺自身が信用ならない。でも、俺が何かしなくても、人は前に進んでいく。自分の足で力強く未来に向かって歩いていく。口を出す必要なんてない。そんな烏滸《おこ》がましい真似《まね》は、尊厳の冒瀆《ぼうとく》に他ならない。汐里の決断は神聖で、不可侵のものだ。

「勉強、頑張らなくちゃ！」

汐里が気合を入れる。意気込みは十分だ。

「君は、本気になれるものを見つけたんだな」

「うん！　全部ユキのおかげ、ユキおかだね！」

「それ絶対流行《はや》らないって。誰なんだ布教してるの？」

汐里は何者かになろうとしている。……もう俺は必要ないのかもしれない。

看護師は専門職だ。看護師を目指すということは、看護系学部のある大学か、短大、専門学校に進む必要がある。道筋は明快だ。一度決めてしまえば、迷う要素はない。

眩《まぶ》しかった。未来なんて見えない俺よりも遥《はる》かに先を、汐里は見据えていたから。

イソップ寓話《ぐうわ》の『ウサギとカメ』の話を思い出す。

汐里は俺に追いつけないと言っていた。しかし、そんなことはない。汐里はとうに俺を追い越し、前に進んでいる。追いつけないのは、背中を見つめているのは俺の方だ。

願わくば、その先に汐里の幸せがあることを——。

「そうだ！　デュフフフ。いいこと思いついたであります」

「どうしたのユキ？　な、なんか微妙に気持ち悪いね……」

俺にできることが、後一つだけ残っていた。分かってる。手助けなんて必要ない。

これは餞別《せんべつ》だ。汐里が看護師になりたいというのなら、その理想に近づけるよう、後押しするくらいのことは許されるはずだ。それが、俺が汐里にできる最後の協力。

「正式に決まったら、話す」

「う、うん」

何やら不安そうにしているが、汐里にとって得難い経験となるだろう。

灯凪は作家になり、汐里は看護師を目指す、か。そういえば母さんも独立準備中だ。姉さんは知らないが、あれほどの美貌と才能なら何をやっても許される。美人は正義だ。

栄光を求めて、それぞれが、それぞれの道へ進もうとしている。

誇らしかった。それと同時に、羨ましくもある。俺には何もないから。

いつか、いつまでもこうして同じ場所で停滞している俺の傍からは誰もいなくなっていくのだろう。そのことが、寂しいとは思わない。むしろ、そうなってくれることが俺の望みだ。手を伸ばした先にしか、望んだ幸せはないのだから。

手を伸ばすことを止《や》めた俺には摑めない。

「汐里」

雲間に、月が見え隠れする。けれど、汐里には輝かしい未来が見えている。

俺達《たち》はいつまで経《た》っても、交差しない対極の存在。

「おめでとう」

「うん！」

弾《はじ》けるような笑顔で、汐里が笑う。

せめて、応援だけはさせて欲しいと願った。

◆

「……これでいいんだよねユキ？」

答えが返ってくることはない。でも、背中を押してくれているような気がする。

「ちゃんと、笑えていたかな……」

お風呂上がり、鏡を見ながら呟《つぶや》く。私にとって、人生で一番緊張した瞬間。

初めて明かした、未来への『約束』。看護師になるって、そう宣言した。

言葉にしてみて、改めて気づく。自分が発した言葉が持つ責任の重さに。

何かを成そうとすることが、こんなにも大変だなんて。

ユキが誰かを助けると言ったとき、いつだってユキはこんなプレッシャーと戦っていたのだろうか。自分のことなら、どうとでもなる。でも、そこに他人が加われば、その責任は比べ物にならない。期待も失望も、抱えきれない程、あまりにも大きい。

どれほどの覚悟があれば、そんなことを『約束』できるのか、私には想像もつかない。

ユキから貰《もら》った腕時計、ユキがくれた香水、他にも貰った沢山のモノ達。

振り返れば、私の世界はユキから貰ったものばかりで溢《あふ》れている。物も、想いも。

私はこんなにも、沢山の幸せを貰っていたんだ。こんなにも、甘やかされてきた。

思えば、あれからずっとユキの背中を追ってきた。高校を決めたのだってそうだ。

過去を悔やんで、過ちを清算したくて、ずっとずっとユキに依存してきた。

フラれて、ようやく客観的になれた気がする。

恋愛漫画や恋愛小説じゃ、共依存の関係が流行っていたりもする。

でもきっと、ユキはそれを望まない。いつだって身近な人を幸せにする為に行動してきたユキだから、そんな選択をすることは絶対にない。そう、確信できた。

私が幸せになれない私の告白なんて、ユキに伝わるはずがなかった。

今度は私がユキに幸せを返す番。だったら、ユキに依存してちゃ駄目だ。

私は私の人生を歩んで、私の幸せを追い求めて、自立しないとユキが安心できない。
ユキに依存したままの弱い私じゃ、ユキを幸せにすることなんてできないから。
「私も、強くなる！」
大きく深呼吸をして、気合を入れる。
これは、『始まりの儀式』。
対等な関係を築く為の。そんな素敵な大人になって、迎えにいきたい。
ユキに依存していた私はフラれて終わった。ユキが終わらせてくれた。それでいい。
そうじゃないと望むものは手に入らない。灯台下暗しだなんて笑ってしまう。
その通りだ。私には何も見えていなかった。こんなにも幸せで溢れていたのに。
ドライヤーで乾かしていた髪をポニーテールに結う。鏡には映るのは、いつもの私。
でも、違う。
「はじめまして、新しい私」
両頬をパチンと叩《たた》いて、笑顔を作った。
それは、私が見たことのない、私の笑顔だった。

◇

「君はぁ、病院を友達の家と勘違いしてませんかぁ？」

「あ、冷泉《れいぜい》先生お久しぶりです！」

「この場においてなんと不適切な挨拶なんでしょうか……」

スラリと長い脚を組んで、溜息《ためいき》を吐《つ》きながら額を押さえているのは、冷泉撫子《なでしこ》先生だ。

俺との付き合いは長く、幼少期から何かと怪我《けが》をする度に病院に担ぎ込まれる俺の担当をしてくれていた。三度目の入院以降からは顔を合わせる度にお説教されていたのだが、あの頃からまるで外見が変わらない。それどころか美しさに磨きがかかっている。

「もしやここは美容クリニック？」

「そんなに私の肌に皺《しわ》を増やしたいんですかぁ？　病院で再会を喜ぶなんて、私は黒金《くろがね》さんじゃないんですよぉ。世間話をすることが目的になって病院に来る老人ですか君は」

「俺、まだ十六歳です」

「この私に若さ自慢なんて、血を抜いて献血に貢献でもしたいのかしらぁ？」

「俺の血なんて輸血されたら、その人の運が最低値になりますよ。アハハハハハハハ」

「その比類なきジョークセンスは遺伝しないので、君の世代で断絶してくださいねぇ」

冷泉先生はいつも知的で面白いなぁ。これぞ尊敬できる大人だ。

因《ちな》みに黒金さんはこの病院で看護師として働いている。こちらも長い付き合いで、俺が最初に入院したときは、まだ新米ナースだった。あれこれ指示されながらも、懸命に職務を果たそうと頑張っていたのを覚えている。そんな黒金さんも今では順調にキャリアを積んでステップアップしているらしい。なんだか成長を見守るようで感慨深い。

献血で思い出したが、ヴァンパイアは血を吸って若さを保ってるんだって。

「先生が常に美しいのはまさか……」

ドクター冷泉の闇は深い。

「あのですねぇ、女性を雑に褒めておけば許されると思うのは、君の悪い癖ですよぉ」

「じゃあ、丁寧に褒めればいいんですか？」

「そういうところです。それなら私の何処《どこ》が美しいのか丁寧に褒めてみてください」

冷泉先生をマジマジと見つめる。雑だと咎《とが》められてしまったので、ＣＴスキャンで内部まで見通すが如《ごと》く、称賛に全神経を集中させる。冷泉先生は麗人だ。その名が示す通りの大和撫子。逆に言えば、一見して分かりやすい要素など褒められ慣れているに違いない。

つまり、俺に課せられているのは、賛辞の希少性だ。レア賛辞！

「先生のくすみ一つない真珠のような膝頭は、純白に輝きその等級はまるで最高級の雪白珠を彷彿《ほうふつ》とさせる。思わず涎《よだれ》を垂らし頬ずりしたくなる蠱惑的《こわくてき》で魔性の魅力が――」

「なんかキモいですぅ」

「俺にどうしろと？」

ドン引きの冷泉先生。未《いま》だかつてない斬新な賛美は不発に終わった。

膝頭を手で隠しながら、「ストッキング穿《は》いてきますぅ」とか言ってる。抗議したい。

雑に褒めても丁寧に褒めてもダメとは、世の中ままならないものだ。

褒められ要素で思い出したが、先生がアレをしていない。お洒落《しゃれ》アイテムなのに。

「成金趣味のアレ、どうしたんですか?」

「あぁ、金の聴診器ですか? 物珍しさにテンションが上がって、つい衝動的に買ってみたのですが、悪趣味ですからねぇ。もう随分と古くなりましたし、家でお留守番です」

　初対面のとき、首元でキラキラしていたのが強く印象に残っている。

「まだ持ってるんですね! 金の価格はこの十年で約二倍になったらしいですよ」

　ゴールド価格は年々上昇を続けている。十年だと約二倍だが、これが二十年前の相場と比較すると約七倍の上昇だ。保存状態にもよるが、遥か昔に買った金のネックレスを売ると、むしろ高く売れてしまうこともあるインフレっぷりなのだった。

「売れますかねぇ? 私の耳垢《みみあか》たっぷりですが」

「この上ない付加価値じゃないですか」

「やっぱりなんかキモいですぅ」

　先生が耳掃除を始めてしまった。俺にもしてくれた。ありがとうございます。

「それにしても、今日は怪我ではないんですねぇ?」

「骨折する予定だったのですが、最近、運気が向上していて助かったんです」

　椿《つばき》さんに突き飛ばされたときは、正直、またやったなと思った。

「定期的に骨折しないと気が済まないんですかぁ?」

「サブスクですね」

「骨を支払いに使うのは止めてくださいねぇ」

ボーンペイ。全身が複雑骨折になりそう。

冷泉先生がクイッと脚を組み替えて、コーヒーを口にする。いいなぁ……。

「何をしに来たと思ったら、人間ドックですか。高校生なら学校で健康診断を受けますが、細かく調べたいならそれもいいでしょう。なにせ大怪我に定評のある君です。病気に定評があってもおかしくありませんからねぇ。あぁ、コーヒーが美味《おい》しい」

「朝から水しか飲んでない俺の前でなんという暴挙を……」

「お饅頭《まんじゅう》も食べちゃいますよぉ」

「この鬼畜美人！」

非道ここに極まれり。

「愉悦ですぅ」

ワナワナと拳を握りしめる。お腹空《なかす》いたよぉ……。甘いモノ食べたいよぉ……。

実は俺の他におっさんも人間ドックを受けることになっている。以前から肝臓が不調を訴えていたらしいが、ストレスフルな状況でそれどころではなかった。この際、一斉に身体《からだ》の点検をしようとなったわけだ。おっさんに合わせて俺も一泊二日コースだ。

一応、他にも理由はあるのだが、それはいいとして、若く健康な俺と違い、おっさんは相当ヤバいことになっていそうな気がする。なにせ常時顔色が悪い。症状が表面化していないだけで、他に悪い箇所が複数あってもおかしくない。ようやく椿さんや祇京《ききょう》ちゃんと蟠《わだかま》りが解け、縁を切ったはずの両親との繋《つな》がりも取り戻した。何かあれば家族が悲しむ。

「もしかしたら、君とこの病院で会うのもこれが最後かもしれませんねぇ」

物憂げな冷泉先生からいきなり別れの挨拶が飛び出す。え、なんで!?

「先生は俺のかかりつけ医なのに」

「え、普通に嫌ですけど?」

冷泉先生が目をパチクリさせる。

「酷《ひど》い」

「いいですかぁ? 普通の人は一年に三度も大怪我して病院に来ないんですよぉ?」

「最高記録です。ブイ★」

随分と昔のことだが、あのときは色んな看護師さんからもこっぴどく叱られた。

「くれぐれも更新するのは止めてくださいねぇ」

若さゆえの過ちというやつだ。今ならもう少し上手《うま》く対処できるはず。

「でも、どうしてですか? 転職でもするとか?」

特にそんな必要もないはずだが、声を潜めるようにして先生が教えてくれる。

「実はそろそろ開業を考えておりまして。まだ数年先になるかと思いますが、ふふふ、これで私も医院長です。権力を握って、部下に偉そうにしちゃいますよぉ」

ふんぞり返る冷泉先生。何とは言わないが、ご立派だ……。

「開業ですか」

思いがけない答えに驚く。俺の周囲は空前の独立ラッシュを迎えていた。

「ネックは土地探しですねぇ。ある意味、成功は立地で決まるようなものですからぁ」

待てよ？　パズルが急速に組みあがっていく。考えても見て欲しい。

もし、マンションの一階がクリニックだったら？

それはもう半端ない安心感だ。コンビニなどの場合、深夜に人の出入りがあり騒がしいことがあるかもしれないが、クリニックならその心配もない。

もちろん、ヒロインズマンションだけに、冷泉先生ならヒロイン割引が適用される。

母さんのオフィスを二階にして一階はクリニック。ただちに利舟《りしゅう》さんに相談しないと。

「……もしかしたら、土地ならご用意できるかもしれません」

「君は地主さんだったんですかぁ？　直ちに結婚しましょう」

「そういうわけじゃないんですが」

「じゃあ離婚ですぅ」

「理不尽すぎて逆に清々《すがすが》しい！」

詳細を詰めなければ絵に描いた餅。変に期待を持たせるのもよくないが、勝手に話を進めるわけにもいかない。冷泉先生にも希望があるはずだ。計画を先生に説明する。

「雪兎《ゆきと》君、このストッキングあげますぅ」

脱ぎたてホヤホヤのストッキングを貰った。ん、冷泉先生？

「君の好物は私の耳垢でしたっけ？」

「急にどうしたんですか先生!?」

普段、冷静沈着な冷泉先生が、とんでもないことを口走っている。

「遠慮しなくていいんですよぉ。君の好きな膝頭ですぅ。お触り自由ですからねぇ」

突然のご乱心に動揺していると、先生の目が『￥』になっていることに気づいた。

「金に目が眩《くら》んでいる!?」

漫画的表現じゃなかったのそれ!?　まさか実際に目が￥になる人がいるなんて。

「あくまでも、これから相談してみないと」

「今後、君の面倒は私がみてあげますからねぇ」

アカン、上の空だ。突然、今後の目標が具体化し先生も動揺している。

だが、先生には幼少の頃から本当にお世話になった。黒金さんもだが、俺が医療従事者に抱く尊敬の念は格段に大きい。いつか、お礼をしたいと思っていた。

これは巡って来た千載一遇の好機。ならば、それを摑《つか》むのは俺の決断だけだ。

俺は先生達《たち》に何度となく救われてきた。怪我をする度に、最適な治療を続けてくれた。

治療するだけじゃない。何度も怪我をする俺に、自分をもっと大切にしなさいと、真剣に向き合って伝え続けてくれた。叱られた。怒られた。けれど、それは温かくて。

だからこそ、俺は汐里《しおり》が選んだ道を尊重し、力を貸したいと思ったんだ。

「どうせまた黒金さんが甲斐甲斐《かいがい》しく世話を焼くんでしょうがぁ、ひとまず今回は何事もないようで安心しましたぁ。——雪兎君、大きくなりましたね」

小さかった俺にしてくれたように、安心させるように冷泉先生が優しく頭を撫《な》でる。

入院中、孤独を感じることはなかった。いつだって誰かがいてくれた。支えてくれた。便りのないのは良い便りというように、病院に来ないことが元気な証《あかし》だ。

けれど、ここにある優しさが、救われる場所があることが、支えになっているからこそ、人は安心して生きていけるのだろう。「医は仁術なり」とはよく言ったものだ。

人よりも遥《はる》かに多く受けてきた博愛に、自然と頭が下がる。感謝の念と共に。

「先生、これまでありがとうございました」

「はい」


「……雪兎、色々と迷惑を掛けたな。両親のことも、妻のことも、娘のことも」

「全部丸投げじゃねーか」

カーテンの向こう側から聞こえる声には、何処か清々しさが入り混じっていた。

二人部屋の病室。人間ドックで一泊二日の入院生活。沈黙を破るように口を開いたおっさんに、呆《あき》れるのを隠しもせずにツッコミを入れる。

「だが、一つだけ分からないことがある。人的補償だったか？　悪ふざけにしか聞こえんが、お前はどうしてわざわざあんな面倒な手段を取った？　そこに理由が存在するのか？」

妹を椿さんと引き離すことが重要だと考えていたが、それだけが理由でもない。

どう説明しようか迷い、さりとて、特に隠すことでもないので素直に答える。

「子供は親の背中を見て育つと聞いたことがあります」

「それは……そうだろう。広く一般的に言われている通説だ」

怪訝《けげん》そうにおっさんが声を潜める。

「俺は母さんの背中を見て育ってきました。ずっと、母さんの背中だけを見て。父親の背中を見たことがなかったから、父という存在がどういうものか知りたかったんです」

俺は父親を知らない。だから、少しだけ一緒に暮らしてみたかったのだ。父親と。たった数日でいい。そんな俺の我儘《わがまま》を通す為《ため》だけに、余計な手間をかけた。

「……………すまなかった」

おっさんが、泣いていた。絞り出した声が震えている。口にした謝罪。これまでのことも、今回のことも、その謝罪には含まれているのかもしれない。だが、不満は残る。

「父親というのはキャッチボールが得意だと聞いていたのに、ガッカリです」

「あんな速球、捕球できるはずないだろう。変化球を投げるのも止《や》めろ。嫌がらせか！」

「やれやれ。本当におっさんはクズだな」

「お前は間違いなく桜花《おうか》の血を色濃く受け継いでいるな」

「おっさんじゃなくてよかったー」

「これが息子の反抗期か……」

くだらない言い合いをしていると、ドアが開き、黒金《くろがね》さんと汐里が姿を見せる。

「ユキ、元気？」

「怪我《けが》で入院してるわけじゃないぞ」

「あはは。そうだよね」

「雪兎君、どうして最近、病院に来てくれなかったの？」

「まさか私に飽きたとか？」

「そんなコンカフェじゃないんだから」

会って早々、黒金さんに抱き着かれるが、この人は俺がまだ小学生だとでも思っているのだろうか。出会った頃は、新米だったが、今ではすっかりベテランの風格がある。

「モンスター・ペイシェントが多すぎて、君の癒しがないと私、枯れちゃう」

俺が大怪我をするといつもリハビリに付き合ってくれたのが、黒金真稀來《まきな》さんだ。

俺は黒金さんの成長を間近で見てきた。過去にはストーカーになった元患者を撃退したり、色んなことがあったが、看護師とは本当に大変な職業だ。頭が下がる。

「私がバッチリ神代《かみしろ》さんを見るから、安心してね♪」

「黒金さんなら安心です。——その恰好《かっこう》、似合ってるな汐里」

汐里は看護師姿だ。職業体験の募集をしていたので、お願いしてみたら、あっさり許可が出た。汐里が見つけた夢を応援するくらい、許されてもいいはずだ。

「そ、そうかな？　馬子にも衣装じゃない？」

「そんなことないぞ。我が家に出没するナースは、やたらセクシーな偽物だからな」

度々、過剰な看病合戦が勃発する。

「え、悠璃《ゆうり》さんがそんな恰好を!?」

「いや、母さんだ」

「何をやってるんだ桜花は！」

おっさんがベッドに突っ伏している。

「ユキのお手伝いなら任せて！」

人を元気づける陽だまりのような笑顔。汐里の天職かもしれないと、そう思った。

「ここにもう一人、患者がいるんだが……」

いじけているおっさん。奴《やつ》は敗北者だ。

おっさんを煽《あお》っていると、再びドアが開く。椿《つばき》さんと祇京ちゃんだった。

「ハッ！　どうだ雪兎。俺には愛する妻と娘、家族がいるんだ。羨ましいか？　あぁ？」

いい歳《とし》して、おっさんはムキになっていた。

「雪兎ちゃん、何か困ったことがあったら、私に何でも言ってくださいね？」

「お義兄様《にいさま》がお暇かと思い、母と一緒に参った次第です」

「何その恰好!?　汐里出たぞ！　これが偽物だ！」

やたらセクシーなナース姿の椿さんと祇京ちゃん。

スクラブが主流になりつつある中、偽物なのは明白だ。

「負けた……」

おっさんは意気消沈していた。

汐里に甲斐甲斐しく介護されながら、椿さんと祇《き》京《きょう》ちゃんと一緒に病室で遊ぶ。

結果、俺は問題なし、おっさんは肝臓の数値が悪いことが早期発見となる。

手遅れになる前でセーフ。定期的な健康診断の重要性を再認識するのだった。

◇

「やぁ、今日も良い天気だね」

健康的な笑みを浮かべるその姿に普段の破廉恥な面影は見られない。

早朝だが早くも暑い。といってもこれからもっと気温が上がってくることを考えれば、夏のこの時期、どうしても運動に適した時間は限られている。

俺としてもだいたい早朝か夜の二択だ。たまに夕方のときもあるが、季節柄、ゲリラ豪雨に見舞われることもあるのであまりおススメはできない。

一定のリズムを刻んでいく。ランナーの聖地と言えば皇居が有名だが、一度走ってみたいなぁとか思いつつ、隣で並走する人物に声を掛けた。

「時間を聞いてきたのは、これが理由ですか」

「いやなに、私も普段から走っているから時間を合わせてみたんだ。日課とはいえ、いつも一人だからね。話し相手がいるというのも楽しいものじゃないか」

「俺としては不安しかありませんが」

「どうしてかな？　今日は快晴だよ」

俺の天敵、祁堂《けどう》先輩から連絡が来たのは昨夜のことだ。何度かランニングしている俺の姿を見掛けたことがあるらしい。一緒に走らないかというお誘いだった。

これといって断る理由もない。日々、言動が規約に抵触している先輩だが、これでも我が校の生徒会長である。もう終わりだよこの高校。

だが意外にもそう思っているのは俺だけらしく、周囲の祁堂先輩に対する評価はおしなべて高い。正当なんだろうけど、この人なんか俺の中では危険人物っていうか、触らぬ神に祟《たた》りなしどころか、触らなくても祟りありっていうかさ……うん。

五キロ程走るとランニングからウォーキングに切り替えて呼吸を整える。スポーツ飲料で水分補給を済ませて、そのまましばらく歩き続けると、ようやく一息つく。

「会長はいつもどれくらい走ってるんですか？」

「同じようなものさ。この時期は暑いからね。無理はしないよう短めに切り上げている」

「付き合わせすぎちゃいましたか？」

だとしたら悪いことをしてしまった。熱中症は危険だ。

「そんなことはない。ちょうどいいくらいさ。それより、よかったら私の家で汗を流していかないか？　なに着替えなら用意してあるから心配しなくていい」

「別の意味で心配になるんで止めておきますね」

「ヤダヤダヤダ！　来てくれなかったらヤダ！」

「急に駄々こねられても。もう一緒に走ってあげませんよ」

「そんな!?」

何故《なぜ》かショックを受けていた。言ってみるものである。

「それで会長、なんで急に誘って来たんですか?」

「他意などないよ。ただ君に私の腹筋が割れているところを自慢したかっただけさ」

「なんだコイツ」

そう言いながら腹筋を見せてくれる。会長の腹筋は綺麗《きれい》に割れていた。

腹筋バキバキ系女子である。しなやかな筋肉が汗で艶《なま》めかしく輝きを放っていた。

「どうだい美しいだろう? 思う存分さすさすしたまえ。女子はこのロマンを分かってくれないことが多くてね。まったく、寂しいものだ」

「え、まさか本当にそんな理由で呼ばれたの俺?」さすさすさすさす
「遠慮なく触ってくる、そんなところも好印象だ。しかし、それはそれとして九重《ここのえ》雪兎《ゆきと》。君、今のうちに生徒会に入るつもりはないか?」

「生徒会ですか? まだ一年ですし、それになんか聞き捨てならない台詞《せりふ》が聞こえたような気がするんですけど……。え、今のうち?」

さすさすに夢中になっている間に生徒会に勧誘されていた。

「どうせ来年は悠璃が生徒会長になるだろうからな。新たに対抗馬が出てくる可能性もあるが……。とにかく、あの様子ならまず間違いなく君を生徒会に引き込みそうだ」

「ありえる」さすさす

横暴さに定評のある姉さんだが、中学時代も生徒会長を務めていたし、高校でも不動の地位を確立していることを思えば、十分ありえる話だった。

是非とも対抗馬には頑張って欲しいが、二年に対抗馬などいるのだろうか？

二年だと他には女神先輩くらいしか思い浮かばないが、ぼっちだったのに、ここにきて人気急上昇中なだけに、もし出馬するなら、侮れない相手になりそうだ。

「今のうちに経験を積んでおくのもいいんじゃないか？　なにすぐに返事は求めないさ。考えておいてくれればいい。君が来てくれると裕美《ゆみ》も喜ぶしな。役職は私の秘書だよ」

「そんな役職あってたまるか」さすさす

むむむ……。困ったことになった。会長はともかく来年になって姉さんに入るよう命令されたら、断るに断れない。明らかに俺はそんな柄じゃないのに。さすさす

「ふふふ。どうやら私の腹筋をお気に召してくれたようだね。よし、このまま家に行こうか。なに気の済むまで触ってくれて構わないよ。でも、ちょっと汗臭さが気になってしまうからね。これでも私だって女子なんだ。シャワーを浴びてからにしようじゃないか」

「しまった感触が気持ち良くてつい!?」

グイグイと引っ張られるが、なんとか抵抗する。流石《さすが》に日頃から鍛えているだけあって力が強い。俺と祁堂会長の実力は拮抗《きっこう》していた。白昼の対決。

ふと、会長の声が沈み、影が差す。

「君はどうして私に何も望まない？　私が君に返せるものは何もないのか？」

「まだ気にしてたんですか。もういいですと言ったでしょう」

「謝って許されるようなことじゃない！　それを君が一番理解しているはずだ」

悲愴《ひそう》な叫び。だが、会長の言葉は紛れもなく真理だ。謝れば許される。それで済まないこともある。世の中、取り返しがつかないことばかりだ。だから、臆病になる。

人を殺《あや》めて謝罪したところで、生き返ることはない。イジメの主犯が謝罪すれば、イジメは許されるのか。そんなことはないだろう。事実が消えることはない。

心に負った傷は決して癒えることはない。心からの謝罪であっても、或《ある》いは上辺だけであっても、行った行為に対して幾ら空虚な言葉を並べ立てても響かない。だからこそ一定のラインを超えた罪は懲役や賠償金といった形で変換される。

強迫観念とでも言うのだろうか。会長が俺に見せる自罰感情はそれに近いものがある。

「一つだけ教えて欲しい。君はもう一度裕美を助けてくれるのか？」

「まぁ、三雲《みくも》先輩はもう赤の他人じゃありませんからね。見て見ぬふりもできません。でも、もし他の人が同じ目に遭っていたとしたら見捨てるかも」

「……私にそれを咎《とが》める資格はないな」

「会長は関係ありませんよ」

「私はどうすればいい？　どうすれば君は――」

どうも会長は勘違いしている。そして三雲先輩をどこか侮っているような気がした。

「俺は昔、連れ去られそうになったことがあるんです。理由もよく分からない。本当にいきなりのことでした。そのとき思ったんです。あぁ、この世界はどうしようもなく理不尽で、敵だらけで、いつだって不条理なんだと。だから、それをどうにかするのは自分だけなんです。誰かの助けを待つなんて、そんな他力本願じゃ、生きていけない」

「連れ去られた？　それはいつのことだ？」

「昔のことです。どうしようもなく昔の。その方がよかったのかもしれませんけど」

苦笑する。今となってはどちらが正解だったのかも分からない。

事故や病気だってそうだ。境遇や環境もそう。その対象がどうして自分なのかと、いつだってそんな理不尽を突き付けられる。

誰かが助けてくれるかもしれない。そんな幻想に縋《すが》るより前に、自分で行動しなければ何も変わらない。その勇気を持てるのは本人だけだ。

「三雲先輩は普段、会長に助けを求めてるんですよね？　ならもう一歩自分で踏み出して、今度は周囲に助けを求めればいいだけです。何もしないのに抽象的な誰かなんて存在が助けてくれることを期待するべきじゃない。——と、俺はそう思います」

しんみりしてしまった。空気を変えるように明るく声を掛ける。

「じゃあ、俺は帰ります。会長も日差しに気を付けてくださいね！　また腹筋触らせてください。今度は二時間くらい。じゃあこれで」

「あ、あぁ。いつでも触ってくれたまえ」

遠くなっていく背中に、記憶がフラッシュバックする。あのときのように、目の前から今にも消えてしまうのではないかと、恐怖に身体《からだ》が震えた。

「嘘《うそ》だ……じゃあアノ時の少年は……私は、ボクは……また……」

地面が音を立てて崩れ去っていくような感覚に、目の前が暗くなった。

◇

都内某所。

ダンススタジオの中に積みあがる段ボール。なかなか壮観だ。

広めのスタジオの壁には、鏡が貼られており、動きを逐一確認することができる。

室内にはシャワールームも完備されており、至れり尽くせりだった。

今日は、トリスティさんから相談されたランウェイの練習だ。段ボールの中には過去に使用した衣装が入っており、この為《ため》に借りてきた。トリスティさん達《たち》が作っている衣装はまだ製作中だが、本番には間に合う想定だ。なにせ十一月まではまだまだ猶予がある。

意外なことに、ビジュアル最強のトリスティさんだが、目立つことは苦手らしく、これまであまり人前に立ったことはないそうだ。街を歩いていてスカウトされた経験は何度もあるらしいが、断ってそそくさとその場を後にしていたと苦笑いだ。

そんなトリスティさんがファッションショーのランウェイを歩くモデルのオファーを受けたのは、学生主催のイベントであり、友人からの誘いだったこともあるが、トリスティさん自身の心境の変化によるものらしい。新しい挑戦をしてみることで、何か将来の糧になればと決断したと言っていた。モデルのトリスティさんとか、絶対人気が出ると思う。

しかしながら、今では、どちらかと言えば、衣装製作といった裏方の作業に楽しみを見《み》出《いだ》しているらしく、自分の適性を見つけつつある。華のあるトリスティさんだけあって勿《もっ》体《たい》ないような気もするが、必ずしも自分のやりたいことと適性が一致するとも限らない。

始球式で一三〇キロを投げるハンマー投げ選手と言ったところか。

「睫《まつ》毛《げ》、長いですね。肌もとても綺麗だし」

「いやよ、恥ずかしいわ。でも、ありがとう。嬉《うれ》しい」

俺は女神先生にメイクを施していた。他の面々へのメイクは終わり、既に更衣室に向かっている。更衣室から漏れ聞こえてくる声は弾んでいて、何処《どこ》か楽しそうだ。

「君、器用ねぇ。こんな風に人にしてもらうの初めて」

「そうなんですか？　元が良いので、あまり力にはなれませんが」

ある程度のメイクは事前に済んでいたので、特に俺が何かする必要もない。

「はぁ。なんだか君が女の子の知り合いが多い理由が分かる気がする。君ってモテるでしょ。こういうスキルもそうだし、君の接し方には相手に対して敬意があるもの」

「皆さん、綺麗ですからね」

「そういうことじゃないんだけど。鈍いところだけは欠点ね」

俺の何処がモテるというのか、陽キャにはなれそうもない。

「ところで、どうして私が呼ばれたのかしら？　学生に交じって恥ずかしいんだけど」

メイクを終えた女神先生が、ツンツンと肩を突いてくる。

「突然、誘っちゃってすみません」

「時間があったからいいけど。こんな面白い誘いをしてくるの君だけだし」

ファッションショーで重要になるのは魅せ方だ。冴《さ》えない人間がどんな服を着ていても魅力的には見えないだろう。その点、女神先生は人に見られる職業であり、振る舞いも美しい。まさに理想のイケてる女性ということもあり、声を掛けてみた。

「ファッションショーって大舞台じゃないですか。トリスティさんも初めてだそうですし、俺もこういう経験はないので、大舞台の経験豊富な女神先生の力が必要かなって」

「裁判所は大舞台じゃないわよ!?」

「似たようなものかなって」

「全然違うけど!?」

大舞台慣れしている女神先生なら学生主催のファッションショーの舞台など朝飯前だろう。傍目《はため》にも女神先生はファッションセンスも抜群だし、法廷の女神だけあって、圧倒的な美貌を誇り、ビジュアルも最高クラス。申し分のない人選だ。

「……えっと、私が運んできた箱は――あった」

更衣室から出てきた悠璃《ゆうり》さんが、段ボール箱の中から目的の衣装を手に取る。

「私も衣装用意してきたの。楽しみにしてなさい」

「悠璃さんもありがとね」

「いいのよ。アンタの頼みだもの。お姉ちゃんなら当然でしょう？」

優しさという目には見えない高次元のエネルギーを全身から発散している悠璃さん。

ファッションショーの練習をするにあたり、モデル役をお願いしたのだが、快く引き受けてくれた。ただの天使である。悠璃さんは自己顕示欲皆無なのでＳＮＳなどとも無縁だが、転バスのＣＭでも引くほどバズりまくっていた。弟なのが自慢だね！

悠璃さん以外にも、トリスティさん、澪《みお》さん、女神先生にお願いしたこともあり、女神先輩も一緒だ。この場には俺を含めて計六人が集まっている。

「それじゃあ、着替えてくるわね」

悠璃さんが再び更衣室へ向かう。詳細は事前に打ち合わせ済みだ。

床にはステージに該当する部分にテープで印が付けてあり、ターンする箇所なども決まっている。ファッションショーで着る衣装は機能重視というよりデザイン重視なので、中には可動部が狭い衣装などもある。俺の役目は単なる雑用係兼、観客なのだが、歩く姿勢のチェックや、衣装が美しく見える立ち方の指導など見栄えの部分だ。衣装については門外漢だが、正しい姿勢などは、このパーソナルトレーナー雪兎《ゆきと》君に任せて欲しい。

「でもまぁ、私も楽しみだし、ワクワクするわね」

そう言いながら、女神先生も更衣室に向かう。トリスティさん達も絶賛着替え中だ。

衣装とは別にそれぞれ私服も持ってきてもらった。ランウェイの練習だが、それくらいの遊びもあっていい。見る目のない俺の見識も上がるというものだ。

『ユキトーくーん、もういいよー』

「了解でーす」

更衣室から、着替え終わったトリスティさんの声がする。謎のアッパーテイストのBGMをかけて、ステージ以外の照明を落とす。ランウェイする床にはシートを敷いた。ヒールで歩くこともある為、フローリングの床を保護して傷つけないようにする配慮だ。

音楽と共に、トリスティさんがゆっくり歩いてくる。ハーフパンツにパーカー、キャップというスポーティーな出《い》で立《た》ちは、背が高いトリスティさんとのシナジー抜群だった。

「可愛《かわい》い！　最高です！」

「そうかな！　やった！」

クルッと回転する。運動神経がいいのか、その姿も様になっていて綺麗《きれい》だ。

こうして、ファッションショー（仮）が始まった。

「どうかな雪兎君？」

「最高でーす！」

ガーリー（よく分かってない）な澪さんに声援を送る。

「こんな服、初めてだから緊張しちゃうよぉ」

「最高でーす！」

フェミニン（よく分かってない）な女神先輩に声援を送る。

「どうかしら？　似合ってる？」

「最高でーす！」

コンサバ（よく分かってない）な女神先生に声援を送る。

「ぴえん」

「そんな真顔で言われても」

地雷系（なんとなく分かる）な悠璃さんに疑問を送る。

ピンクのフリルの付いたブラウスに黒のミニスカート、黒のニーソックスを穿《は》き、長い黒髪はツインテールにまとめている。見紛《みまが》うことなく、地雷系ファッションだ。

因《ちな》みに、悠璃さんに言われて、地雷系メイクを施しているよ。

そうして二周、三周と衣装を試していく。称賛マシーンと化した俺は、シンバルを叩《たた》く猿のオモチャのように、拍手を続ける。勿論《もちろん》、持ってきた一眼レフで撮影も欠かさない。

ここで撮った写真は順次ＳＮＳに掲載しており、トリスティさんの所属するサークルの面々も閲覧できるようになっている。反応を見ると大好評のようだ。

「ユキト君、ユキト君！　これ見てこれ。いらっしゃいませご主人様」

衣装の中には、直接関係なさそうな衣装も含まれていたのか、トリスティさんがメイド服で登場する。モノクルが似合いすぎている。まさか私物ではあるまい。

「うぉぉぉぉぉぉぉぉぉぉぉ超最高でーす！」

「えへへ。やった！」

無邪気に喜ぶトリスティさん。ロングスカートがフワリと舞い上がる。

「メイド服……いいわね。そうだ、逆メイド服なんて新しいんじゃない？　後で作って」

悠璃さんが無茶ぶりしてくるが、逆って何!?　何を逆にするの!?

だが、俺はまだ気づいていなかった。徐々に雲行きが怪しくなりつつあることに。


「澪さん、少し猫背かもしれません。肩甲骨周りをストレッチしてほぐすか、当日は矯正ベルトをつけると立ち姿がもっと綺麗に見えるのではないかと」

セクハラにならないよう細心の注意を払いながら、少しだけ澪さんの上体を起こして、姿勢を整える。綺麗な姿勢で歩くのは、意外と体力を消耗するものだ。

「今日はトリスティに付き合ってるだけで、私は別に参加するわけじゃないし」

「えぇ!?　澪ちゃんも一緒に出ようよ！」

「嫌よ。柄じゃないもの」

「こんなに可愛いのに勿体ないよ！」

そうだった。よくよく考えれば、この場で参加するのはトリスティさんだけだ。

こんなに綺麗なんだし、全員ランウェイに立ったら、人気が爆発しそう。現に俺のSN

Sは既に通知が爆発している。アメリカン親父《おやじ》も見ていたのか、COOL！　と大興奮だ。

「ねぇねぇ、これってどうかな？」

「最高でー……ん？　ダサすぎて笑う。ご利益半減してそう」

「ひどい!?」

思考停止で称賛しようとして思い留《とど》まる。女神先輩が着ているのは、判別不能な、所謂《いわゆる》アレだ。ファッションショーでよく見かける、コンセプトありきの斬新だけど誰が着るのか分からない奇抜なトンデモ衣装だった。知識のない俺に評価不可能な着こなしだ。

「ところでアンタ、さっきから何でヒーローインタビューみたいな雑な感想なの？」

「最高としか理解できなくて……」

至極もっともな悠璃さん。だって、仕方ないじゃん。俺の語彙力じゃこれ以上、表現することができないんだよ！　圧倒的にファッションに対する審美眼が不足していた。

「ふーん。まだまだこれからが本番なのに、そんなことで大丈夫なのかしら？　いいわ、これから私が真の地雷系たる所以《ゆえん》を教えてあげる。覚悟しておきなさい」

「結構です」

「ホ別無料ゴ無」

「女神先生、この人、訴えることできます？」

「あのねぇ。避妊はするのよ」

「は？　否認するけど」

地雷系コーデの悠璃さんが言うと洒落《しゃれ》にならない破壊力だった。

「ちょっとみんな来てくれる？　特別な衣装を用意しているの」

悠璃さんが声を掛けて、全員を更衣室に連れて行く。

「アンタはそこで待ってなさい」

「はい」

仕方ないので、ご依頼の逆メイド服のデザインに取り組む。

そもそも逆ってなんだ？　哲学的課題に直面し、うんうんと悩むが、時間が掛かっているのか、十分程しても誰も出てこない。更衣室から悲鳴が聞こえるのは気のせいだろう。

悠璃さんが顔を見せたのは、それから更に五分が経過してからだった。

「お待たせ。少し時間が掛かってしまって」

デザイン画から顔を上げると、そこにいたのは――。

「なぁにやっトンガァァァァァァァァァァァァァァァァァァァァァアア!?」

トンガとは、一七〇程もある島で構成された島国で、平仮名で廃止論争が起こる「ぬ」で始まるヌクアロファが首都である。知っておくと、しりとりで有利になるかもしれない。

気が動転して思わずどうでもいい知識を披露してしまったが、更衣室から出てきた悠璃さんは全裸だった。いや、違う。全身にところどころ申し訳程度に黒いビニールテープが貼られている。だが、それだけだ。飲みかけのメロンソーダを盛大に噴き出す。

「それの何処《どこ》がファッションだ！」

「は？」

「今回ばかりはそんな威圧には動じないからな！　前々から思ってたけど、悠璃さんって常識に欠けるところがあると思う。ファッションとは名ばかりのそんな恰好《かっこう》——」

「実際にあるけど」

「あるんだ!?」

ゴキッ。首が百八十度回転しそうなほど驚く。危うく、ろくろネックになりかけた。

スマホで調べてみると、確かに存在していた。というよりも、最近になって発表されたファッションであり、考え出した新進気鋭のデザイナーは一躍スターに登り詰めたという。

「常識知らずなのは俺だった……？」

「そうよ」

「なんかごめん」

「いいの。許してあげる」

慈愛に満ちた優しさが五臓六腑《ごぞうろっぷ》に染み渡る。これが姉弟愛……。

「あんまり見ないでユキト君！　ファッションショーってこんなに過酷なんだね……」

同じく、全身黒テープ（面積極小）のトリスティさんが姿を見せる。

「じゃあ、なんで着たの!?」

顔だけじゃなく、色白な身体《からだ》が紅潮しているのがダイレクトに伝わってくる。

照れながら恥ずかしそうにしているが、問答無用で自己責任だ。

「あぁ、常識人枠のトリスティさんまで悪影響を!?」

隠れているが、隠しきれていない。大きいのが悪い。このままではいかんぜよ！

後に続くように、続々と更衣室を出てくる黒テープ集団。秘密結社か。

「スースーしちゃう。まさか、こんなことになるなんてね」

「澪さん、嘆くなら止めるという判断はなかったんですか!?」

「だってほら、君って将来の雇い主のご子息だし。媚《こ》びとこうかなって」

「意外とあざとい理由だった」

澪さんも恥ずかしそうだ。というか、どうして悲鳴が上がっていたのに、悠璃さんの天使の誘いに乗ってしまったのか。この人達《たち》、全員、頭悠璃さんか？

「凄《すご》いよね！　これが最新ファッションなんだって！」

「頭ヴィーナスだった」

言うほど、ちょっととか？　女神先輩はネジが外れていた。機械かもしれない。

どういうわけか、特別扱いされており、女神先輩だけ黒テープじゃなくて白テープだ。

さながら、白いベールを纏《まと》うシナモンロールのようなテイストを放っている。

「水着回がなかった恨みを思い知ることね！」

「何の話!?」

恐ろしい。まるで言葉が理解できない。あったじゃん……。

「女神先生、この人達に道徳というものを教えてあげてくだ――」

ここはもう倫理観ある大人の女神先生に叱ってもらうしかない。

「ぎゃぁぁぁぁぁぁぁぁぁぁぁぁぁああああああ」

グラマラスボディなのに、一番、黒テープの面積が狭い。

「はみ出てる、はみ出てますから！」

見えそうと言うか、見えていた。いいのかそれで!?

「君には散々迷惑を掛けちゃったし、お礼みたいなものよ。やだ、そんなに見ないで」

「そりゃあ、見るよ！」

ジロジロ。堪能しました。

「そんな熱い眼差《まなざ》しを注がれたら、身体が熱くなっちゃう♡」

「あ、お酒も飲んでないのに酔ってる」

女神先生が自嘲気味にフッとニヒルな笑みを零《こぼ》す。

「こういうのも、若気の至りって言うのかしら」

「そんなに若くなくない？」

「訴訟起こされたいのかテメェ？」

ズズイと迫られるが、溢《あふ》れ出す色香にクラクラしてしまう。

目の前で女神先生のご神体が二つ揺れている。アポロン、ポロロン
「これで君もあの件を手打ちにしてくれるわよね？」

「あ、この濃縮百パーセントのオレンジジュース飲みます？」

「フフ……フフフフフ………フフフ」

喉が渇いたかもしれないと、クーラーバッグから取り出したオレンジジュースを渡そうとすると、低い地鳴りのような笑い声が響き渡る。こいつは、俺もジ・エンドだ。

「あぁ、そう。そうなのね。分かった。そっちがその気なら、やってやろうじゃない。どうせこっちは一度、尊厳崩壊してるんだから、そんなに見たいなら見せてあげるわよ。今度は背中じゃなくて目の前でしてあげるから、しかとその目に焼き付けておきなさい！」

グイッとオレンジジュースを飲み干す。女神先生の目が据わっている。ヤツは本気だ。

「すみませんすみませんすみません！」

こんな場所でぶちまけたら、二度目の尊厳崩壊確定だ。バッタのように土下座する。

「ちょ、なにやってるの久遠《くおん》さん!?」

女神先輩が羽交い締めにして取り押さえている。フレーフレー！　応援しておく。

「放しなさい鏡花《きようか》！　今日という今日は徹底的に思い知らせてやるんだから！」

グリグリ人差し指でおでこをドリルされながら、視線は直視できずに虚空を彷徨《さまよ》う。

「ユキト君、不来方《こずかた》先生って、面白い人だね！」

「私、ネット記事で見て尊敬してたんだけど……」

こればっかりは完全に俺が悪い。普段の女神先生は素晴らしい人格者だ。

NGワードに登録し、これ以上、あの件に触れないことにした。ごめんなさい。

ひと悶着《もんちゃく》あった後、再開する。何故《なぜ》、中止してくれなかったのか……。

ランウェイを歩くトリスティさん達から、俺はひたすら目を逸《そ》らしていた。

「ユキト君が撮ってくれた写真、スマホの待ち受けにするね！」

「金輪際誰にも見せられなくなるから止《や》めて!?」

幾ら何でもこれはＳＮＳに上げるわけにはいかない。というか存在が許されない。

生涯、殺生石の下に封印することを決め、俺は撮影を続けた。

こうして世紀のファッションショーは生気のない俺を尻目に賑《にぎ》わいを見せていた。


「じゃあ、最後はアンタにグランプリを発表してもらいましょうか」

歓声が沸き起こる。え、こういうのって優勝とか決めるものなの？

「点数とかつけてないよ？」

「そんなのアンタの好みでいいのよ。勿論《もちろん》、私だろうけど」

「どうしてそんなに自信があるんだろう……」

メンタルが最強なのは悠璃《ゆうり》さんなのかもしれない。見習いたいものだ。

突然、言い出した姉の言葉に反論する様子もなく、全員今か今かと発表を待っている。

「かつて、ゆとり世代は運動会でお手々繋《つな》いで全員優勝だったと聞きます」

「アンタには、勝者のテープを剝がす権利が与えられるわ」

「知らんガーナァァァァァァァァァァァァァァアアアア！」

ガーナ共和国と言えば、首都はアクラ、チョコレートの原材料でもあるカカオの生産地として有名だが、実はカカオの生産量一位は、コートジボワールである。

それどころではない。これはもう良心の呵責《かしゃく》に訴えかけるしかない！

拡声器を片手に説得を試みる。極めて重要なネゴシエーション。

「澪《みお》さん、そんなことをしたらレオンさんが悲しみます。それでいいんですか!?」

「私、年下好きだからあまり好みじゃなくて。それに国際結婚も敷居が高いし」

「バカな……イケメンが敗れることがあるなど……」

「それに、こうやってはしゃげるのも大学生の間だけだしね♪」

最後の思い出作りのような青春発言をしているが、え、この状況で？

「こちらの方、社会人なのにはしゃいでますけど」

女神先生を見るが、ただの妖艶な美人だった。俺は目を背けた。

「それで、誰がグランプリなのか決めた？」

誰が発言したのかも聞き取れないまま、ジリジリと迫る雪兎《ゆきと》君包囲網。

俺も、国外逃亡を考える日が近づいているのかもしれないな。トランクケースか。


え、この後どうなったかって？

流石《さすが》に俺も怒りが373ケルビンに達し、お説教したよ。直ちに着替えるよう厳命して、そのままファッションショー（仮）は大盛況（俺以外）のまま幕を閉じた。

テープが剝がれないとか言い出した人達の魔の手によって、シャワールームに連れ込まれたけどな！　そんでそのまま普通に剝がれたけどな！　酷《ひど》いや。シクシク

◇

「なんぞこれ？」

日課のランニングを済ませ部屋に戻ると、いつの間にか机の上にストップウォッチが置かれていた。何故かゴチャゴチャと机を占有している女性用の小物を片付ける。

しげしげとストップウォッチを眺めてみる。なんならカチッと押してみるが、なんの変哲もないただのストップウォッチだ。もう一度押してカウントを止める。

もしかして悠璃さんが一人で十秒チャレンジをしていた？

幾らなんでも、そんな寂しいことはしていないと思いたい。

もー仕方ないなぁ。俺が一緒に十秒チャレンジをしてあげるよ。

そんなことを思っていると、ストップウォッチと一緒に置かれている便箋が目に入る。

華美なものではなく、質素なデザインの紙に女性らしき筆跡で何か書かれている。

「は？　時を止められるストップウォッチ？」

なにそれ？　マジックアイテムか何か？

どうやらこのストップウォッチ、如何《いか》にもゲームとかで登場する謎のアイテムっぽい。

入手しないとダンジョンを攻略できなかったり、ボスを倒せなかったりするとか？

一向に腑《ふ》に落ちないものの、そんな余計なことを考えつつ読み進めていく。

どうやら、時を止められるストップウォッチの詳細が記載された取扱説明書のようだ。

「え？　ガチで時を止められるの？——もしや、本物!?」

特級呪物じゃねーか！　何故そんなものが俺の部屋に!?

もしや母さんか姉さんが偶然入手してしまったのだろうか。そして現在、処分方法に困っているると。こうしてはいられない！　急いで財団に連絡しないと！

この先、どんな災いが起こるか分からない。時を止められるストップウォッチなど、人類にはまだ早すぎる。この世に存在してはいけないアノマリーだ。

恐らく、この時を止められるストップウォッチは、歴史上数々の大事件に関わってきたはずだ。あまりにも危険。もしやあの世界的暗殺事件や、大規模テロ、国内の未解決事件もこのストップウォッチが引き起こした可能性が……？

一人焦っている俺の心境など全くお構いなしに、取説には悪魔の誘惑が書かれている。

「なになに？　まずは最初に出会った女性に使ってみましょう？　貴方《あなた》の欲望の赴くまま悪戯《いたずら》し放題です。——めちゃくちゃ俗っぽいな!?」

これはアレだ。恐らく力を使うことによって、ストップウォッチが人の欲望を吸収し、本来の力を取り戻していくのだろう。力を封印されている魔剣のようなものだ。もしやこのストップウォッチにはとんでもない化物が封印されていたりするのかもしれない。

こんなものが世に出てしまえば、この世界の秩序は崩壊してしまう。国家転覆。暗い未来を想像して背筋が凍る。俺の手にこの世界の命運が握られていた。

無理だ。一介の高校生には荷が重い。ただちに専門家のところへ――。

「アンタ、帰ってたの？　おかえり。ただいまのチューしましょうか」

カチッ

「あ」

衝動的にストップウォッチを押してしまった。

だって、突然悠璃さんが部屋に入ってくるんだもん。動揺するのはしょうがない。

悠璃さんはヨガでもやっていたのか、スポーツブラにレギンスというフィットネス感満載の恰好《かっこう》だった。じんわり汗が滲《にじ》み、ほんのり頬も上気している。

「悠璃さん？……あの、悠璃さん？」

驚愕《きょうがく》に目を見開く。悠璃さんの動きがピタリと止まっている。

やっぱり、この時を止められるストップウォッチの力は本物だったんだ！

「困ったわ。これじゃあ悪戯されても抵抗できないわね」

「喋《しゃべ》ってるやないかーい」

「…………」

「思い出したように黙られても」

「…………」

静止しているが、パチパチと瞬《まばた》きをしている。呼吸も至って正常だ。どうやら時を止めるといっても、生命活動は止まらず維持されるらしい。なんて都合がいいんだ。

「これからどんな過激な悪戯をされてしまうのかしら」

「しないけど」

「私、弟から辱めを受けるのね」

「しないよ？」

「ワクワク」

「期待されても」

「ドキドキ」

「キラキラとした視線送られても」

「は？　するよね？」

「はい」

ガクリと肩を落とす。最早《もはや》、時を止められるストップウォッチが欲望エナジーを取り込むべく、悠璃さんに何らかの悪影響を与えていることに疑いはない。

普段の悠璃さんは優しく清楚《せいそ》で清廉潔白な淑女だ。私利私欲とは無縁の存在。

そんな大天使に影響が波及するなど、改めて時を止められるストップウォッチの威力に戦慄する。悠璃さんはストップウォッチに魅入られた憐《あわ》れな被害者にすぎない。

そこで、俺は気づいた。

「普通に喋ってるし、実は時なんて止まってないよね？」

「…………」

「まるで、都合の悪いことになると急に黙るクソ女みたいなムーブをしてきたな」

「…………」

あ、そうだった。悠璃さんに聞こうと思ってたことがあったんだ。

「ところで話は変わるけど、新しい家に欲しいものとかある？　設備とか」

着々と計画は進んでいるが、思いのほか土地が広いこともあり、かなり余裕がある。

そこで、当初の計画から様々な部分でブラッシュアップ、再検討しているわけだ。

「ヤリ部屋」

「槍部屋《やりべや》？……なるほど、武器庫か」

確かにセキュリティのしっかりしたマンションに対して、一軒家は防犯性能で劣る。

槍はともかく、防犯グッズなど、万が一に備えた部屋を用意しておくのも、一つの対策になるかもしれない。流石は悠璃さん。家族想《かぞくおも》いだ。

「他にはある？」

「壁の一か所に穴を開けておいて」

「もしや超芸術トマソン」

「違うわ。そこに身体《からだ》がスッポリ嵌《はま》って、お尻が抜けなくなるの。それをアンタが――」

「これでよしっと」

悠璃さんの口にガムテープを貼って黙らせておく。呪物の力に取り込まれたのか、悪戯しないと解放してくれないらしい。そんなこと言っても、悪戯って何すればいいのさ？

「うーん。オーソドックスにマジックで額に文字を書こうかな」

「フルフル」

「時が止まってるはずなのに、普通に意思表示してくるな……」

「…………」

「チクショウ！」

地団駄を踏む。俺の貧困な発想力では悪戯なんて、落とし穴か教室のドアに黒板消しを挟むくらいしか思いつかない。あの黒板消しを挟む悪戯の成功率って皆無だと思うんだけど、なんでこんなに普及したんだろう？　最初に発明した人は鼻高々なんじゃない？

「汗を掻《か》いてしまったし、服を脱がないと」

「ついに自分から誘導してきた!?」

無情にもガムテープは剝がされていた。

「…………」

「え、俺が脱がすの？」

「コクコク」

「無理」

「は？　お風呂に入らないと風邪ひくでしょ」

「横暴すぎる！」

「どうしましょう。動けないの。これから痛い目に遭うんだわ。日頃、弟に横暴な私はこぞとばかりにどんなお仕置きをされてしまうのかしら。よよよ」

「…………………」

「アンタが黙るの止《や》めてよ」

「はい」

シクシク。ねぇ、本当に脱がすの？

悠璃《ゆうり》さんはとても薄着だ。脱がすこと自体は難しくないが、精神的な難易度が高い。

「悪戯されても抵抗できないなんて悔しい！　今こそチャンス、大チャンス！」

ピタリと静止したままの悠璃さんに応援される。

絶望的な気分で悠璃さんのスポブラを徐々に上にズラしながら、俺はこの地獄フェスティバルから逃れるべく必死に知恵を振り絞っていた。

「そうだ！」

なんでこんな簡単なことに気づかないんだ俺は！　間抜けにもほどがある。この致命的な状況に陥った原因は時を止められるストップウォッチじゃないか！

はー安心した。だったらもう一度、時を動かせばいいだけじゃん。焦って損したわー。

俺って馬鹿すぎない？　人間追い詰められると視野が狭くなるって言うけど、こういうことなんだね。いい経験になりました。これからはもっと冷静になれるようガンバリマス！

「ゴメンゴメン。悠璃さん。今、動けるようにするね」

カチッ
「いいから早く脱がしなさい。じれったい。私は動けないんだから。アンタもランニングから帰ってきてお風呂に入りたいでしょ。仲良く一緒に入ろうね」

「あぁぁぁぁぁぁぁぁぁぁぁあストップウォッチが壊れてるぅぅぅぅぅぅぅううう!?」

ストップウォッチをベッドの上に叩《たた》きつける。あぁ、負けたよ。俺の完全敗北さ。

オーケーオーケー。潔くいこうじゃないか。

その後、静止したままの悠璃さんを脱がして一緒にお風呂に入ることになった。

余談だが、仕事から帰ってきた母さんにストップウォッチを使ってみると、再度、時が止まった。間違いない。本物のアノマリーだ。オブジェクトクラスはケテル。

そしてやっぱり一緒にお風呂に入ることになった。

「もう二度と使わないからな！」

誰にともなく自室で負け惜しみを叫ぶ。

「なら、私が使うね」

カチッ
「あ」

第六章「二学期から本気出す」

The girls who traumatized me keep glancing at me, but alas, it's too late.

「遂《つい》にこの日が来てしまった……」

眩《まぶ》しすぎる陽光が差し込む窓辺で、朝も早くから先生が疲れた様子で黄昏《たそが》れている。

「わぁ！　先生、夏休み前より綺麗《きれい》になったね！」

「最近、私のこと褒めてくれるのお前だけなんだけど、両親に紹介していい？」

「駄目です！」

「ダ、ダメに決まってるでしょそんなの！」

俺の意思とは無関係に灯凪《ひなぎ》と汐里《しおり》が否定している。

新学期がスタートしたというのに、先生の心はまだ夏休みに囚《とら》われていた。

仕方あるまい。俺だってそうだし。朝、起きるの辛《つら》いよね。早くも冬休みに思いを馳《は》せるばかりだ。ちょっとでも先生の心労を和らげようと、優しく接しようと思う。

「この歳《とし》になると案外こういうストレートな褒め言葉が効くんだよ。いいか。勉強ができる、運動ができるみたいなことで褒められるのは学生のうちだけだぞ？　社会人になれば仕事ができるのは当たり前。そんなことで誰も褒めてくれないからな。お前等も歳を取ったら分かるようになる。若いからって、現実に甘えるなよ」

のっけから社会人の厳しさを滔々《とうとう》と語ってくれる小百合《さゆり》先生。成人年齢が十八歳に引き

ジ——
——ン

下げられた今、後二年もすれば新成人となる俺達《たち》にとって、無駄に長く役に立たないクソしょうもない校長の話より、遥《はる》かに傾聴に値する。お金を払って聴講したいくらいだ。

なんて素晴らしい先生なんだ！　胸に去来する感動に思わず声が出た。

「先生もまだまだ若くて可愛《かわい》いよ？」

「お前ホントありがとな。マジで親に紹介したろか」

「だから駄目ですってば！」

「なんでちょっとショタっぽくなってるのよアンタは⁉」

ハッ⁉　夏休みの間、高校生にあるまじき生活を送っていた所為《せい》か、すっかり精神年齢が退行していた。寝る前に歯とか磨いてくれるしさ。ボク、ここのえゆきと十六しゃい。

隙あらば世話を焼こうとしてくる相手に対して、俺は無心でＡＩのように自動で好ましい返答を投げ掛ける最適化された日々だ。何を言っていたかはまるで覚えていない。

ごそごそとポケットを探ると、姉さんから渡された防犯ブザーが出てくる。

違和感なく受け取ってしまった。何かあったら鳴らしなさいと口酸っぱく言われているが、返す返すも俺は高校生である。ついでに甘党だ。酸っぱいのはちょっと……。

人は誰しもボタンがあったら押したくなる。人類に根付いた本能だ。

火災報知器のボタンを押したい誘惑に駆られているのは、俺だけはないだろう。

うずうずとそんな衝動に耐えていると、ふと、気づいた。

「そういえば俺は昨日も抱き枕のような扱いを……！」

「そこで呆然《ぼうぜん》としている問題児はさておき。よし、全員怪我《けが》なく揃《そろ》ってるな。クラスにも慣れたと思うが、二学期は体育祭に文化祭とイベント盛り沢山だ。高校生でいられる期間なんて短いんだから、しっかり青春して励めよ。勿論《もちろん》、テストも忘れないように」

言いたいことだけ言って教室を出ようとする小百合先生がピタリと立ち止まる。

「もう一回だけ私のこと褒めて貰《もら》っていい？」

「ボク、先生みたいな格好良くて素敵な大人になりたい！」

「そうだろそうだろー。お前はしょうがない奴《やつ》だなぁ」

キャッキャ

「あの二人、仲良いな」

「先生、何か辛いことでもあるんじゃない？」

クラスメイト達の生暖かい視線が送られていた。

「ロン、８０００オール」

「これポーカーなんだが」

「…………」

「…………」

「フルハウス！」

「この流れでサラっと勝つなよ」

休み時間、トランプを片付けながら、おもむろに爽やかイケメンが宣言してくる。

「体育祭、絶対に優勝しようぜ！」

「このクラスなら結構やれるんじゃないか？」

「楽しみだな。でも俺、走るのあんまり自信ないんだよな……」

一緒にポーカーをやっていた高橋《たかはし》兄と伊藤《いとう》もうんうんと同意している。

「うちはほら、巳芳《みほう》っちもしおりんもいるし優勝狙えるんじゃない？」

「結構、運動部の子多いもんね」

雑談にエリザベス達も加わってくる。このクラスが有力なのは間違いないし、確かに爽やかイケメンや汐里は、そんじょそこらの相手には引けを取らない大活躍をするだろうが、とはいえ体育祭というものは、それだけで勝敗が決まるものでもないはずだ。

「どうしたんだ雪兎《ゆきと》？　浮かない顔して」

「『そんじょそこら』って人生で使うタイミングないなって」

「なんの話だ!?」

「絶対優勝とは言うが、どう考えても無理だろ」

「なんでそんなこと言うの九重《ここのえ》ちゃん？」

心外だとばかりに峯田《みねだ》が言ってくるが、これぱっかりは運によるとしか言えない。

「学生なんだし、みんなでワイワイ楽しんでやれば勝敗なんて別にいいだろ。運が良ければ優勝できるかもしれないっていうのが現実的じゃないか？」

「そりゃそうだろうが……。それでも皆で頑張れば分からないだろ？」

「結果が分からないなら、絶対優勝するとは言えまい」

「理屈っぽいなー。こういうのは意気込みみたいなもんじゃん」

困ったように言う高橋兄を尻目に超電磁パルスが真面目な表情になる。

「いや、俺は絶対に優勝したい」

「無理ばい」

珍しく頑《かたく》なな光喜《こうき》の真剣さに周囲が息を呑《の》む。この熱血漢はどうしてもこういう場で燃えずにはいられないらしい。ピリピリとした緊張感が伝わってくる。

「――じゃあさ、どうやったら絶対に優勝できるのユキ？」

確信めいた声で割り込んだのは、神代《かみしろ》汐里だった。

◇

「九重ちゃん、あのねあのね。私達、優勝したいの！」

「昨日、グループチャットで相談したんだ。それでね、やっぱりこんな機会って滅多にないし、思い出に残ることをしたいって決まったの。皆で頑張るから九重君も一緒にやろ？」

登校するなり、ふんす！　と、鼻息荒くエリザベス達が話しかけてくる。

チリチリと、徐々に強くなってくるルーメンの波動を感じる。

「うおっまぶしっ」

「急に驚くなよ！　こっちが恐《こわ》いわ！」

やってきた爽やかイケメンが、机の前に立つ。

「皆で楽しめれば、それでいいのかもしれない。それが本来の在り方なのも分かってるさ。けど俺は、俺達は、結果を出したいんだ。雪兎、絶対に優勝するぞ」

まるでそれが決定事項であるかのように語る。いったい昨日、何を話し合ったのか。

汐里が焚《た》きつけたのかもしれない。早朝からテンションが高すぎる一行に気後れしながら、俺は用意していたアレを取り出した。

「……なんだそれ？」

「景気づけみたいなものだ。こういうのは細部まで拘《こだわ》らないとな」

取り出したのは程好《ほどよ》い大きさの木板。

「……『体育祭対策室』？」

「やるからには全力だ。これより【体育祭攻略】を始める！」

「九重ちゃん、ガチってこういうことなの!?」

「あちゃー。雪兎がやる気になるなんて、これはまた大事に……」

ワイワイ騒ぎ出すクラスメイトをかき分け、むんずと釈迦堂《しやかどう》の首根っこを摑《つか》む。

「お、おはよう……。ひひ……あの……なにが……ど、どどどどーしたの!?」

ぷらーんと成すがままの釈迦堂を少し離れたグループの所まで連れていく。

「赤沼《あかぬま》、藤森、堂田。優勝には君達の力が必要だ。頼む、力を貸してくれ」

ゴツンと下げた頭が机に当たる。アワアワと焦っていた。赤沼達は所謂《いわゆる》、文化系のグループだ。それほど運動が得意というわけじゃない。だが、優勝するには爽やかイケメンだけでも、汐里だけでも足りない。ましてや俺一人ではどうにもならないし、体育祭は運動が得意な者だけの祭典ではない。クラス全員の、赤沼達の協力が必須だった。

「ぼ、僕達なの!?　運動は苦手だよ？」

「このままだと、あそこでニヤついてる薄らトンカチの爽やかイケメン一人が目立って美《お》味《い》しい思いをするだけだぞ。そんなことを許していいのか!?」

「おい、俺達は味方だぞ！」

申し訳程度の抗議はキッパリ無視する。

「僕達にできることがあるなら協力するけど……」

アレ、めっちゃ性格よくない？　というか、今、気づいたけど、このクラス全体的に皆、仲良いよね。誘ったら大勢集まるしさ。もっとギスギスした派閥争いとかないの？

ひょっとして陰キャとかスクールカーストとか言ってるの俺だけなんじゃ……。

「あ、あの……私が……どーしてここに……いるんだろうか？」

「ん？　あぁ、釈迦堂。体育祭の切り札は君だ。優勝は君の手に掛かっている！」

ピシッと指を指す。そう、俺が考える限り体育祭で最も重要な役目を担うであろう我がクラスの切り札は釈迦堂だ。彼女のミッションが成功すれば優勝は盤石になるだろう。

因《ちな》みに夏休み明けから釈迦Dと呼んでいたら、やめてくれと言われて没になった。暗夜《あんや》と名前で呼ぶと、あまりの恥ずかしさに釈迦堂が卒倒するので、それも没だ。

「ひひ……ひっ……！　ひぃぃぃぃぇぇぇぇぇぇぇぇ!?」

悲鳴ともつかない釈迦堂のか細い声が、教室中に響き渡った――ような気がした。

ジャイアントパンダとレッサーパンダは近縁種ではないらしい。

昨夜、アニマル図鑑でその衝撃的な事実を知った俺だが、更なる驚きが待っていた。

なんと、先に発見されたレッサーパンダこそが本来パンダだったというのだ！

だとすれば、今ではパンダ界の盟主として我が物顔で笹《ささ》を喰《く》ってる白黒のアイツは名前の強奪に成功したことになる。それでいて近縁種ですらない。

レッサーなどと名付けられ、本物から偽物に成り下がったレッサーパンダの悲哀は如何《いか》ほどのものなのか。先駆者でありながら名前を掠《かす》め取られ、それでいて種族さえも異なる今、レッサーパンダは自分が何者なのか、自問自答の日々を過ごしているに違いない。

かつて「パンダやるから眼鏡の技術くれよ」と言われて、のこのこ渡した結果、貰ったのはレッサーパンダだった自治体があるそうだが、騙《だま》されるにも限度ってものがあるだろう。地場産業に大ダメージを与えた結果がそれだと、目も当てられない。

自らのアイデンティティを剝奪されたレッサーパンダだが、人間も己を見失い迷走することは多々ある。自分探しの旅などその最たる例と言えるのではないだろうか？

結局のところ、自分のことなど自分では何一つ分からない。

声高らかに「ステータスオープン！」と叫んでみても、ステータスは開かない。

魔力が多ければ魔法使いの適性が、剣術スキルがあれば戦士の適性があるなどと、客観的に自分の適性を判断することなど俺達にはできはしないのだ。

或《ある》いは人間関係もまた、そのように目に見えないことばかりで溢《あふ》れている。

他者の感情を見る術《すべ》など存在しない。現実世界を生きる我々にとって、そうした内部数値を可視化することなどできるはずもない。戦闘力など測れないわけだ。

だからこそ、その証明を伝えるのは言葉であり、行動であるのかもしれない。

ならば、それを伝えてきた者達に、俺はどう向き合えばいいのだろう。

絶賛迷走中の俺に分かることなどあるのだろうか。けれど、答えはとうに出ている。

孤独は友達で、孤独は気軽だ。その居心地の良さに浸って、目を背けていた。

でも、伝えてくれた想《おも》いを知ったから。俺も進まなくちゃならない。

――いつまでも、ぼっちのままじゃいられない。

◆

「えっと……なになに。メイド喫茶？」

「あ、それ私が書いたやつだ！」

「私も同じにしたんだ。ね、香奈《かな》ちゃん？」

昼食後の眠気に誘われる教室では、体育祭後に行われる文化祭の出し物についてアンケートが行われていた。やりたいことを書いた紙を投票し集計していく。

「メイド喫茶だぁ……？　却下だ却下。それ他のクラスがやるらしいぞ」

「えー！　被《かぶ》ったっていいじゃないですか！」

無慈悲な小百合《さゆり》先生の言葉に、一部の女子と男子からブーイングが起こる。

どうやらエリザベス発案らしく、峯田達《たち》も同じ案のようだ。そんなエリザベスだが、今はクラス委員として、光喜と一緒に教壇の前で投票結果を黒板に書き出している。

「あのなぁ、ありきたりなのは認めんぞ。どういうわけかこのクラスは変な――ゴホン。もとい、変わったことをやるんじゃないかと職員室でも話題で持ちきりだからな。無駄に期待されている。どういうわけかな。ほんとマジでどういうわけなんだ！　私の苦労も知らないでアノ連中……。クソッたれ校長ファ○ク！　給料上げろハゲ！」

烈火の如《ごと》くアメリカンな呪詛《じゅそ》を吐きまくる闇属性の小百合先生を無視して、光属性の男、エターナル爽やかイケメンが進行していく。この男のメンタルも大概に強い。

「お化け屋敷？　定番だな。いいけど、これも被ってるんじゃないか」

「えっと、じゃあ次は……。ぶっ！　ガ、ガールズバーって！」

「バカヤロウ！　お前等、未成年で学生だろうが。真面目にやれ」

「おいおい、こういう悪ふざけは止《や》めろよな」

噴き出すエリザベス。小百合先生はおこだ。爽やかイケメンも呆《あき》れている。

「聞き捨てならないな」

「ん、どうしたんだ雪兎？」

ゆらりと立ち上がる。

「ご安心ください、先生」

「ほう、何をだ」

「俺が指名するのは先生です」

「卒業してからな」

「アフターありでお願いします」

「オプションはサービスしてやる」

「ヨシ！」

ちょっとだけ暗黒から抜け出す小百合先生。日々を健やかに送って欲しいものだ。

ストレスは美容の大敵だからね！　校長には育毛剤を渡しておく。

「だからなんで先生と仲良いの!?」

「それよりも、お前がこれ書いたのかよ！」

侃々諤々《かんかんがくがく》の議論は、まとまることなく続き、そのままチャイムが鳴る。

「ありゃま。これはちょっと、この時間で決まりそうにないね」

「先生がハードルを上げなければ問題なかったんだけど」

「あん？　言うじゃないか巳芳《みほう》。どうせお前等のことだ。普通では終わらないんだから、よく考えて練ったものを出せ。文化祭にも表彰があるしな。じゃあ終わるぞー」

教室から去っていこうとする小百合先生がピタリと立ち止まる。

「ちょっとした確認なんだが、そんなに私って、魅力ある？」

「とっても笑顔が素敵です！」

「そ、そうか？　そうだよな笑顔大事だよな。仏頂面してると皺《しわ》になるって言うし……」

揉《も》み揉《も》みと表情筋をほぐしつつ小百合先生が引き攣《つ》る口元を指で吊《つ》り上げニッコリ。

「こわっ！　あ、つい本音が」

「お前ぇぇぇぇぇえええええええ!!」

キャッキャ

「あの二人……」

「それ以上は言うな。不毛だ」

◇

打って変わって翌日。

「九重《ここのえ》ちゃん、あのねあのね。私達、優勝したいの！」

「昨日、グループチャットで相談したんだ。それでね、やっぱりこんな機会って滅多にないし、思い出に残ることをしたいって決まったの。皆で頑張るから九重君も一緒にやろ？」

「タイムリープかお前等！」

このパターン前回やらなかったっけ!?

貪欲なのはいいことだが、前のめりすぎるだろ。

結局、何をやるのか決まらないまま継続審議となったが、これといった案が浮かんでいないようだ。皆で相談したとかいうけど、グループチャットを覗《のぞ》かない俺からしてみれば、物事が別世界で勝手に進んでいるような気分になる。ハブられてないだけマシかも。

「そもそも文化祭で優勝ってどういうこと？」

「優秀賞を決定するんだよ。ステージ発表とかも加点されるらしいぞ」

「ミスコンもあるんだって！　うちのクラスだと……しおりんと灯凪《ひなぎ》ちゃん出ない？」

峯田《みねだ》が汐里《しおり》と灯凪に出場を打診する。二人なら申し分ない戦力だ。

「わ、わたし!?　そんなのムリだよムリ。ムリムリムリ！」

「私も、そういうのは遠慮したいかな……」

苦笑気味に辞退する灯凪の隣で、ブンブンと否定する汐里のポニーテールが左右に揺れていた。そう、さながら猫じゃらしのように。ぷらんぷらん
「てい！」

「ど、どうしたのユキ!?」

パシッと、思わず手が出た。

「スマン、つい」

「え、いったいなに!?　なにがついなの!?」

「落ち着け。今はミスコンの話だ」

今となっては、こういうとき律儀に相手をしてくれるのは汐里だけだったりする。

なんていうかさ、こう反応がいいよね。

「二人なら絶対に盛り上がるのに……。ね、九重ちゃん？」

「そうだな。二人とも美人で可愛《かわい》いからな」

「か、かわっ!?」

「ア、アンタ昔からそういうところあるわよね」

真っ赤になってフリーズする汐里に、頬を赤くしながら呆れた様子で照れる灯凪。

そんな灯凪の様子に正直がモットーの俺は憤りを覚えた。

ふざけるんじゃない。こっちは真面目に言ってるんだぞ！

「は？　なんだ灯凪。君が可愛いことに何か文句でもあるのか？　あ？　俺が君を美人で可愛いと思うことに疑問を差し挟む余地があるっていうのかよ！　どうなんだ、えぇ!?

そっちがその気なら何度でも言うぞ。君はめちゃくちゃ可愛いだろうが！」

「なんで逆ギレしてるのよアンタは!?　恥ずかしいのよっ！」

「この男、最強か？」

「九重ちゃん、ほどほどにしとかないと、そのうち刺されても知らないからね」

峯田に怖いことを言われた。げにこの世は正直者が生き辛《づら》い。

「なるほど。エリザ——桜井《さくらい》達はどうしてもメイド喫茶がやりたい……か」

「エリザベスだよ！——って、あれ？　なんだろう何か今違和感が……」

自己の存在を見失っているエリザベスを無視して考える。

クラスの出し物といっても千差万別だ。中には演劇などをやるクラスもあるらしい。

それとは別に、ステージプログラムというのが用意されており、バンドや、漫才といった特技を発表したり、ミスコンといったイベントなども開催される。

それらを総合的に勘案して優秀賞に選ばれるクラスが決まるらしい。

因みに文化部の発表などもあったりするが、どちらかと言うと、例年それらはひっそりしたものになるそうだ。生徒会の傍ら、美術部に所属している祁堂《けどう》会長や三雲《みくも》先輩は絵を展示するらしい。灯凪ちゃんの絵もある。見学に行くことにしよう。

さてそんな中、我がクラスはといえば、お化け屋敷を提案したグループは、特にお化け屋敷に拘《こだわ》っているわけではないが、何か形になる物を造りたいらしい。確かに如何にも文化祭の出し物感がある。皆で協力して何かを作り上げるのは青春の一ページに相応《ふさわ》しい。

一方、エリザベス達はメイド喫茶のロマンを捨てられずにいた。ああいった衣装を着ることは、こういう特別な機会でもないと難しい。女子は楽しみにしている者が多い。

なんなら男子も楽しみにしていたりすることもあり根強い支持を得ていた。

衣装はどうするのかと聞けば、自分達で作ると言っていた。

本人は実に嫌そうな顔をしていたが、どうやら爽やかイケメンのお姉さんがその手のことに詳しいそうだ。裁縫系の仕事でもしているのかもしれない。あの年中、春満開男の顔が曇るのは珍しいだけに気にならないこともないが、今は置いておく。

「どうしよう九重ちゃん。みんなの意見も反映させたいし……」

「なに簡単だ。全部やればいい」

「何か思い付いたのか雪兎《ゆきと》？」

解決策はシンプルだ。不肖、九重雪兎。先生の期待に応えましょう！

「優秀賞を目指す以上、造り物も、メイド喫茶もミスコンも全部やろう。物量作戦だ。被りが問題なら、別の形態を模索するしかない」

「別の形態？」

「光喜《こうき》、体育祭の練習を始めると言ったな」

「あぁ、それでそっちはどうするんだ？」

「一に情報、二に諜報《ちょうほう》、三、四が練習で五に本番だ」

「何か不穏なワードが聞こえた気がするんだが……」

やることを整理してみれば、本番までに時間が足りないことは明白だ。

すぐに取り掛かる必要があった。

「練習で怪我《けが》なんかしたら本末転倒だ。皆にはついでに身体《からだ》のケアも覚えてもらう」

「それは単純に役に立ちそうだな」

「そう。そして折角、覚えたならこれを利用しない手はない」

「どういうこと九重ちゃん？」

いつの間にか、視線が集まっていた。

「クラスの出し物は、給仕もある究極の癒し空間。これでメイド喫茶も造り物も完璧だ！」

「おぉっ！　なんかすごそう！」

遠慮がちにこちらに視線を向けていた、とある人物の元へ向かう。

「夏目《なつめ》。君はネット小説にこんなジャンルがあるのを知っているか？」

「え、え、こ、九重さんどうしたの？　わ、私になにか……？」

「どうやら少し前に流行《はや》っていたらしいんだが、今は女性向けでも主流か。自分を馬鹿にした周囲を見返していく痛快な内容の『ざまぁ』物語だ」

「あ、なんとなく知っています。婚約破棄とか悪役令嬢みたいなものでしょうか？」

「そうそう、そういう謂《いわ》れなき理不尽に打ち勝つみたいなのあるだろ」

「は、はい。ですが、それがどういう……？」

流石《さすが》、夏目だ。教室でよく読書している彼女なら、そうしたジャンルにも造詣が深いかもしれないと思っていたが、思った以上の逸材だったようだ。これは期待できる。

「出ようミスコン」

「…………え？　あの、ちょっと意味が……」

「今よりもっと綺麗《きれい》になって、見返してやろうこの腐った世界を！」

「はい？　えっと、私がミスコンに？　あの冗談は――」

「そうか、出てくれるか！」

「ち、違います！　今の返事は了承という意味ではなくて――！」

これにて、眼鏡のぽっちゃり系女子、夏目千歌のミスコン参戦が決定した。

「これでミスコンの優勝もらったな」

「あの、聞いてます九重さん？　私がミスコンなんて……。ねぇ、どういうことですか？　九重さん？　ねぇってば、九重さぁぁぁぁぁぁぁあああん!?」

悪いが、ミスコンの優勝は俺が貰《もら》う！

◆

資料室から持ってきたファイルをドサリと机に置いてパラパラめくっていく。

「言い出したのはそっちなんだから、サボってないで働け」

「それはそうなんだが……」

爽やかイケメンに手厳しい声を送りつつ、持ち出した過去十年分の体育祭の記録から競技種目、配点、平均、合計点、優勝ラインを調べていく。

「俺は体育祭が分からなくなってきた」

「目的の違いだな。優勝を掲げるならそれなりに必要な努力があるというだけだ」

言うまでもなく爽やかイケメン以外も働かせる。だいたい今回のことは俺が言い出したわけじゃない。俺は正直どっちでもいいというか、こうした学校行事はむしろ敵である。

しかし、やるからには全力だ。ワイワイ楽しくやって結果は運次第なら、こんなことは必要ない。だが、優勝することを目的にするのなら必要なことがある。

その労力を費やした分だけ、優勝確率が上がるのは必然だった。

「集めてきたよー！」

「……も、もう駄目だ……私は限界だ……」

休み時間、溢《あふ》れんばかりの陽キャ力によって他クラスにも絶大な交友関係を持つエリザベス一行が戻ってくる。しゃ、釈迦堂《しゃかどう》!?　どーしてお前が陽キャ軍団の中に!?

地味に裏切られた気分だが、釈迦堂は顔面蒼白《がんめんそうはく》だった。気力が尽き欠けている。

「よしよし、この調子なら順調に全部分かりそうだな」

エリザベス達《たち》が集めてきたのは、各クラスの運動部の人数、その中でも有力な生徒の数に、陸上部が何人いるかといった基本的な情報だ。

意外でもないが、下馬評だとこのクラスが一位らしい。主人公の爽やかイケメンやガタイ的に最強な汐里がいるからだろう。百人力だ。他にも有力な運動部員が多い。

「なんだかスパイみたいでこういうの楽しいね！　ドキドキしちゃった！」

「九重ちゃん、流石に全部は分かんなかったよ？」

「後は順調に聞き取りだな。当日までに分かれば問題ない」

クラス全員に与えられたミッションは簡単だ。他クラスの誰がどの競技に参加するかを詳《つまび》らかにすること。部活や友人達との交流の中から、雑談がてら聞き出してもらう。

「ほへー。結構地味なんだね。なんかもっとドーンと大きなことやるかと思った」

「そんなもんだろ。何処《どこ》の国も諜報部のやる仕事は新聞のスクラップとか地味らしいからな。スパイ映画みたいなド派手な活躍なんかないぞ」

今も昔も情報こそが勝利の鍵である。諜報とは地味なものだ。

資料を見ながら、気づいたことを書き出していく。

「爽やかイケメン、これを見て何か分かるか？」

「綱引きか。……配点が高いとか？」

「他にもあるだろ。注目するのはポジションだ。右右右左右左左右右右。これを見ると右側が六十三パーセント、左側が三十七パーセントで右側の方が遥《はる》かに勝率が高い」

「偶然じゃないか……？　それとも右利きが多いからとか？」

「この際、理由の特定はどうでもいいが、偶然なら尚更《なおさら》右側を選ばない理由はない」

綱引きは二本先取で行われる。一戦毎《ごと》に位置を変更するのだが、かなりの割合で結果が三戦目にもつれこんでいた。つまり一戦目と三戦目を取って勝利というパターンが多いが、位置としては一戦目右（勝）二戦目左（負）三戦目右（勝）の勝率が極めて高い。

そして綱引きの位置決めは結構いい加減というか、自己申告で決まることが多い。希望が通ることが多いというわけだ。勿論《もちろん》、互いに希望が被《かぶ》ればじゃんけんとなるが、そんなことに拘る人間も多くない。……例年は。ならば、これを利用しない手はない！

「なんかどんどん俺の知ってる体育祭じゃなくなってる気がする……」

「勝つとはどういうことなのか一度真剣に考えてみろ。バスケにも必ず役に立つ。たとえば俺は灯凪《ひなぎ》にじゃんけんで必ず勝てるぞ。灯凪、ちょっとこっちに来てくれ」

ちょいちょいと灯凪ちゃんを手招きする。

「今からじゃんけんをやろう。因《ちな》みに俺は君に必ず勝てる」

「え、だって私、昔何度も雪兎に勝ったことあるよ？」

「やってみれば分かる。じゃんけん――ぽん！」

灯凪はパー。俺はチョキで俺の勝利だ。そりゃ絶対に勝てるさ。

相手が何を出すか事前に分かっていれば。

「君はどうしてか俺とじゃんけんをするとき、必ず最初にパーを出す」

「嘘《うそ》!?　いつから!?　なんで教えてくれなかったの!?」

「もしものときに役に立つかなって」

「もしものときって何よ？」

「……デスゲームに巻き込まれたときとか」

「巻き込まれないわよ！　じゃあなに、ずっと手加減してくれてたってこと？」

「それは違う。俺も最初にパーを出して五分五分にしてから勝負してたしな」

「なんでそんなこと……」

「もし君が何か間違って、それを俺がどうしても止めたいとき用に取っておいただけだ」

対灯凪用の切り札として取っておいた必勝の策だが、ここでバラしても問題ないと思ったのは、今の彼女が昔とはかなり変わったからだろう。

あの頃のような危うさはもう彼女にはない。立ち止まることも、周りの意見を聞くことも、困ったら助けを求めることもできるようになった。大きな、本当に大きな成長だ。

向こう見ずで突っ走り、それで道を間違えるようなことはもうしないはずだ。

……実は必勝の策は一つじゃないのだが、それは言わないでおくことにする。

「……そっか。そうなんだ。その頃から大切にしてくれてたんだね……」

なにやらまたウルウルしている灯凪ちゃんはさておき、事程左様に、重要なのは日頃からの観察眼と情報収集であることに疑いはない。

しかし、それだけで勝てる程甘いものでもないはずだ。体育祭である以上、最終的にはフィジカルがモノをいう。パワーは正義、筋肉は裏切らない。

「高橋《たかはし》兄。今から俺がゆっくり身体を倒すから支えてみてくれ」

「俺か？　いいぞ。なにをやるつもりだ？」

ググッと高橋兄の方向に身体を倒す。正面から支える高橋兄はビクともしない。

「流石はサッカー部期待の一年」

「恥ずかしいこと言うなよ。それで？　これくらいだったら全然耐えられるぞ」

「では、ここで体幹を揃《そろ》えます」

「――ッ！　ちょ、なにこれ!?　無理無理無理無理！　すごっ！　なにこれなにこれ!?」

重みに支え切れなくなった高橋兄がどんどん後方に押し込まれていく。「人」という字は支え合ってみたいな嘘くさい言い分の格好になっていると思ってほしい。

「俺もやる！――って、重っ！　俺、お前より体重あるんだけど……ぬぉぉぉぉぉお！」

意気揚々と参戦してきた爽やかイケメンもあえなく散った。

その後も続々チャレンジャーが現れ、なんなら汐里《しおり》や女子のチャレンジャーも現れるが、如何《いかん》せん支えられるものではない。人体とは、かような力を秘めているのだ。

「身体の使い方を覚えると、こういうことも可能になるというわけだな」

「雪兎お前、日に日にビックリ人間度が増してるな……」

「特に綱引きや騎馬戦みたいな相手とぶつかり合う競技は配点が高いからな。優勝を目指すなら必ず取りたい。よって、全員これから特訓を始める」

「マジかよ。覚えたら絶対サッカーで役に立つだろ。これだったら先輩にも競り負けない。一年でレギュラー取れるかも……。俺はやるぞ！　やってやる！」

「俺達はいったい何と戦おうとしてるんだ……？」

「……僕達も？」

「大人も子供もおねーさんもだ」

オタクグループだとか女子だとか関係ない。全員でやれることを最大限やって勝てる可能性を僅かでも積み上げていく。地道に一歩ずつというわけだ。

「後は走るのを速くするのに輪ゴムを使って、それと梱包材《こんぽうざい》を靴の踵《かかと》に入れてだな……」

外履きは学校指定の為《ため》、ランニングシューズを利用することはできないが、体育祭の規約に学校指定の靴を改造してはいけないとは何処にも書いていない。

ありとあらゆる手段を用いて、優勝へと導く。それがこの俺、九重《ここのえ》雪兎《ゆきと》である。

◆

文化祭で着用するメイド服を製作するに辺り、裁縫が得意な岩蔵友美《いわくらともみ》をリーダーに据えた衣装製作班は、待ち合わせ場所のファミレスへと向かっていた。

女子の着る衣装は全部で三着作ることに決定したらしい。Sサイズ、Mサイズ、Lサイズの一着ずつだ。因みにLサイズは汐里と京極奏《きょうごくかなで》専用となっている。

文化祭のときしか着ないだけに、流石にメイド服を女子全員分作るには予算が足りない。文化祭期間中は、ローテーションで出し物を見て回る組と店番の組とで分かれる為、全員分は必要ないとはいえ、流石に三着では寂しいものだが、そこはマルッと解決済みだ。

同じように過去、メイド喫茶を開催した上級生から譲ってもらった。思いがけずクオリティの高い衣装に驚いたが、女子には良い刺激になったようで、やる気に満ち溢れている。

男子も男子で仕事は山積みな為、「ちょっと男子ー」みたいなことにはならない。新規に作る三着は豪華にしようとフリルを増量したりと、アレコレ話し合ってデザインなどを決めていった結果、デザイン画を持参して今日のこの日を迎えたというわけだ。

「おそらきれい」

そんな女子のグループ、通称『岩蔵使節団』に連行されてファミレスに向かっているのが、悠璃《ゆうり》さんの要望で逆メイドを開発したこの俺、九重雪兎である。

「虚《うつ》ろな眼差《まなざ》しで空を見上げてないで早く行くぞ」

「俺、要る？」

隣を歩く爽やかイケメンがサッと目を逸《そ》らす。幾ら俺が疾風怒濤《しっぷうどとう》の問題児と言っても、常に原因が俺にあるとは限らない。今日の元凶はこの男である。

「……姉さんがどうしても連れてこいって言うから」

教えを乞うのは爽やかイケメンのお姉さんだ。責任重大な岩蔵だが、あくまでもクラス内で相対的に裁縫が得意というレベルにすぎない。服を一から仕立てるなど、やったことがない。そこで白羽の矢が立ったのが爽やかイケメンのお姉さんだった。

そういうの、めちゃくちゃ得意らしいよ。それは別にいいのだが、何故《なぜ》かその場に俺まで呼ばれていることが理解できない。爽やかイケメンのお姉さんとは面識ないし、それに何故だろう、姉というだけで胸騒ぎがして、心がざわざわしてくるのはいったい!?

雨が降って散歩に行くのを嫌そうにしている犬の如《ごと》く、重たい脚を引きずるように目的地に向かう。ファミレスに到着すると、人数を伝えて大きめの席に座った。

料理を注文する間もなく、数分後、すぐに目的の人物がやってきた。

「皆、ごめんね。待たせたかな？」

「あ、いえ！　私達も今来たところなので。今日はよろしくお願いします！」

岩蔵使節団が立ち上がり頭を下げる。爽やかイケメンのお姉さんらしく、美人だったが、
それにしても岩蔵使節団の反応は大げさだ。キャーキャーと黄色い声が上がっている。

「あのＨＩＫＡＲＩさんですよね！　ＳＮＳもフォローしてて、ずっとファンだったんです。今日、楽しみにしていました。会えて嬉《うれ》しいです！」

「そうなの？　ありがと。ほら、なにボサッとしてるのコウ。ドリンク取ってきて」

「はいはい」

渋々と言った様子で爽やかイケメンがドリンクを取りに行く。あ、俺、コーラね。

恨みがましい視線をこちらに向ける爽やかイケメンを無視して、岩蔵使節団の一員でこう見えて女子力の高いギャル峯田《みねだ》に聞いてみる。

「よく分からんが、顔面電光石火のお姉さんは有名人なのか？」

「九重ちゃん、巳芳《みほう》っちと仲良いのに知らないの!?　ＨＩＫＡＲＩさんってレイヤーでモデルとかもしてるから、雑誌に載ったり有名だよ。私もビックリしちゃった」

「レイヤー？」

そんな俺達《たち》の様子に気づいたのか、レイヤーのＨＩＫＡＲＩさんがこちらに向き直る。

「そっかそっか。君がコウの言ってた雪兎君ね。私は姉の光莉《ひかり》。この前、ありがとね。母さんも喜んでたよ。父さんは母さんに詰められてアタフタしてたけど」

「はじめまして、九重雪兎です」

「これでも衣装作ったりとかは得意なの。引き受けたからには任せておいて！」

「世情には疎くて知らないのですが、有名なんですか？」

「自分で言うのは恥ずかしいけど。見たことない？　一応コスプレとかやってるから」

「えぇ!?　コスプレイヤーってプロダクション化して週刊誌のグラビアを無料で請けまくっていることからグラビアアイドル界隈《かいわい》から嫌われに嫌われているというあの!?」

「私はそういう仕事はしてないし、コメントに困ること言わないで！」

「えぇ!?　じゃあコスプレイヤーって、イベントで同じROMを複数枚買わせることで個撮の特典を付けるというあの!?」

「君、偏見が激しすぎるのよっ！　皆楽しんでやってるだけだし、それにあんまり人のことをとやかく言いたくないから否定もできないし」

「えぇ!?　コスプレイヤーが集まるハロウィンは衣装のレベルが違いすぎてパリピが寄り付かないからむしろ健全でマナーも良いと評判のあの!?」

「褒めてくれてありがと！　ここまで来ると逆に君、詳しすぎない!?」

「すみません、つい警戒してしまって。レイヤーを名乗る人物は写真と実物が違い過ぎるから気を付けなさいと常々姉さんに言われていて」

「それはレイヤーに限らないような……。最近のアプリって加工し放題だし。それより、いよいよもって、返す言葉もないこと言わないでよ。まぁ、それくらいメイクが凄《すご》いってことかな。……それにしても、コウから聞いていた通り、君って面白いね」

「おかしいな。何処《どこ》にそんな要素が？」

はて？　至って真面目なこの九重雪兎君に面白い要素なんてあった？

初対面で何故かその手のことを言われがちな俺だが、一向にどうしてか分からない。

そうこうしているうちに爽やかイケメンが戻ってくる。

「なんか姉さん、疲れてない？」

「ウォーミングアップは充分って感じかな。コウはこっちね」

早速、岩蔵使節団との打ち合わせが始まる。こうなると俺と爽やかイケメンに出る幕はない。借りてきた猫のように大人しくしているだけだが、現実問題、借りてきた猫は大人しくしてないよね。むしろ大暴れで大変なんじゃないかと思う。

「デザイン画は……あるのね。素材は決まってるの？　じゃあ、型紙を起こして……うん、そうそう。上手《うま》いじゃない。手先が器用ね」

そんな岩蔵使節団を横目に爽やかイケメンにかねてからの疑問をぶつける。

「何で俺、呼ばれたの？」

「知らん」

「知らんのかーい」

「なんか会ってみたいからとか言ってたけど……」

「そうそう、そうなの。君って良いカメラ持ってるんでしょ。今度、撮影手伝ってよ」

光莉さんが会話に割り込んでくる。最近、フル稼働しているアレか……。

一通り打ち合わせは終わったのか、岩蔵達もメモを片付け会話に加わる。

「俺のカメラというわけではないのですが……」

昔、母さんが買った一眼レフがあることもあり、俺は学園祭で撮影班を承った。

現在、俺はポートレート撮影の練習中だ。オートフォーカスに頼りたいが、それだけだと上手くならないらしい。シャッタースピードやISOなど、撮影とは奥が深い。

家でやたらウキウキの母さんや姉さん相手に撮影しまくっている。

そのうち成果をお披露目するときがくるかもしれないが、家族の悪ノリにより、とても披露できない写真ばかりになっている。とてもじゃないが、現像はムリ。

「HIKARIさんの撮影手伝えるなんて、こんな機会滅多にないんだよ！」

「スタジオ借りて撮影するから、よかったら見に来る？　どうせなら皆もコスプレしてみるのはどう？　私も仲間が増えるのは嬉しいし」

「いいんですか!?　してみたいです！」

「わ、私は恥ずかしいかな……」

「今更恥ずかしがることなんてないじゃない。この衣装、貴女《あなた》も着るんでしょう？」

「やった！　HIKARIさんの撮影を見れるなんて、このクラスで良かった」

反応は三者三様だが、概《おおむ》ね好評のようだ。

「ところで、それって決定事項なんでしょうか？」

「コウから聞かなかった？　君が私を手伝うことが協力する条件だったんだけど。それにしても、まさかこの場にいるコスプレ経験者がコウと雪兎君だなんて。あのＣＭ見たよ」

爽やかイケメンに視線を向けると、下手クソな口笛を拭いて誤魔化そうとしている。

「貴様、謀ったな！」

「すまん！　姉さんに逆らえなかった」

「それもそうか」

「あぁ」

悲しき弟達の悲哀が零《こぼ》れるのであった。

◇

「そういう態度じゃ困るんですよ」

職員室で目の前の相手にヤレヤレと説教をぶちかます。

良い結果を得る為に交渉事は強気で臨むのが鉄則だ。

体育祭には教員リレーという種目もあるし、一緒に先生方が参加する種目もある。

クラスが一致団結する中には担任も含まれているというわけだ。よって、小百合《さゆり》先生にも頑張ってもらわなければならない。お忙しいだろうが、よろしくお願いします。

「……そりゃあ、手を抜くつもりはないぞ？　私だって一応、楽しみにしている。しかしな九重。私もいい歳《とし》だし、昔からあまり運動は得意じゃないんだが……」

「いいですか？　俺達は優勝を目指してるんです。当然、先生も協力してくれないと困ります。もし、全力でやらずに不甲斐《ふがい》ない結果になろうものなら――」

悲し気に顔を伏せる。泣《な》き真似《まね》をしてみたが、無表情が常の俺には意外と難しかった。途轍《とてつ》もなく嫌そうに顔を歪《ゆが》めて、担任の小百合先生が恐る恐る口を開く。

「なろうものならなんだ!?　言え、九重雪兎！　何を考えている！　吐け！」

「文化祭で先生もメイド服で接客を――」

「いやだ！　頼む、それだけは許してくれ！　あのさぁ、お前さぁ、私の年齢考えろよ？ただでさえ婚活中で自分のことを女子とか言うと失笑されつつある微妙な年頃なんだぞ？若さ全振りの十代ならともかく、そんなイタイ真似できると思うか？」

「ほら、釈迦堂《しゃかどう》も先生の勇姿が見たいと言ってますし」

「ひひ……先生、お願い」

「お前卑怯《ひきょう》だぞ！　微妙に私が強く言えない釈迦堂を引っ張ってくるなよ！」

「――先生これを」

そっと袖の下に小瓶とチケットを渡す。特に疚《やま》しいことはないのだが、お互い急に人目を気にしてキョロキョロすると、ひそひそ声になる。人間の習性とは恐ろしいものだ。

「……これは？」

「先生専用に調合したフレグランスです。それと最近、身体《からだ》の凝りは酷《ひど》くありませんか？　無料マッサージ券五回分をお付けします。効果にはご期待ください」

「へ、へぇー。そうだな、教師だからといって全力でやらないのは問題だよな。でも、流石《さすが》に男子生徒にマッサージされるのは倫理的にどうかと……」

「安心してください。勉強中の汐里《しおり》が担当します。先生には是非、練習台に」

「ほーん。けど、やっぱりメイド服は……私の威厳というものがだな……」

職員室で邪《よこしま》なオーラを醸しだしつつ密談している俺達に声が掛かる。

「まぁまぁ、藤代《ふじしろ》先生。お気持ちは分かりますが、生徒達だけじゃなくて、私達も思い切り楽しむのもいいじゃありませんか。折角のイベントですから」

「三条《さんじよう》　寺《じ》先生……」

そこにいたのは三条寺先生だった。流石は三条寺先生。話が分かる立派な先生だ。

厳しくも優しい。不祥事が頻発する昨今、こういう素敵な教育者ばかりなら、学校はもっと良くなるはずなのにね！　でも、先生。プリンは美味《おい》しかったです！

「ほほう。三条寺先生もメイド服を着て頂けると。これはこれは有難い。ガハハハハハ」

「ええ!?　待ってください。どうして私が――」

「他の先生方がうんうん頷《うなず》いてますが」

バッと三条寺先生が振り返ると、こちらの様子を遠巻きに見ていた先生方が一斉に目を逸《そ》らす。そのグッドみたいな親指はなんなの？　しているのは独身の先生ばかりだ。

「メイド服くらい平気なのでは？　バニー着てたじゃないですか」

「不毛な論争は止《や》めましょう？　ね？　藤代先生が目じゃない程の大惨事になりますから。貴方《あなた》達から見ると私なんてババアでしょ？　悲しくなってきますが……。イタすぎてSNSでババアすぎて草とか書くんでしょ？　そんなの誰も得しませんし、だから、ね？」

「まさか、先生が嘘《うそ》をつくような人だったなんて――」

「くっ……！　君という人は」

ギリギリと悔し気な三条寺先生を励ます。

「安心してください。撮影は無料です」

ガックリと肩を落とす三条寺先生。

フッ、勝った。

◆

「じゃあ、もうちょっと足を開いてみようか。ほら、恥ずかしがらなくていいから。そうそう。どうしたの？　これくらいみんなやってるよ？　頑張るんでしょ？」

カシャカシャとシャッター音が響き渡り、幾重にもフラッシュが焚《た》かれていく。

艶《なま》めかしい肢体をフレームに収めながら、要求は徐々に過激になっていく。

ファインダー越しに向けられる下卑た視線を感じながら、必死に堪《こら》えようと恥辱に満ちた被写体の顔が、よりいっそう嗜虐心《しぎゃくしん》をそそる——。

……。

…………。

……………。

「そそるか！」

特に誰に向けたわけでもないツッコミを入れるのだが、この背徳に満ちた状況を作り出している元凶こと大天使ユウリエルは無駄に上機嫌だ。

「早く撮りなさい。練習にならないでしょ」

ついさっき完成したばかりの逆メイド服で、うっふーんとポーズをとっている悠璃《ゆうり》さんだが、これがちんちくりんな体形ならいざ知らず、そうでもないので様になっている。

目に毒なことだけは間違いない。目薬何処だったかな……。助けてママ！

「次は家族写真にしましょうか」

「その恰好《かっこう》でどんな家族写真を撮るつもりなんだい？」

こっちもダメかー。母さんの意味不明な発言に抗議するのだが、悪質クレーマー扱いされてまるで取り合ってもらえない。初心な俺には直視できない写真が完成だ。

「そういえばアンタ、体育祭どの種目に出るの？」

「応援しに行くね。楽しみだわ」

不意に姉さんから体育祭の話題が出た。開催も近づき校内の熱気は高まっている。

各クラスの主要な人物がどの競技に出るのかといった情報も概ね集まっているし、過去五年分の借り物競走で借りたモノも特定できている。借り物競走において予想外な借り物などあり得ない。ならば過去の借り物競走で出た借り物を全て事前に用意して、借り物置き場として一か所に固めておけば迷いなく借りられるというわけだ。

俺は既に優勝を確信している。あらゆる種目について準備を進めているし、他のクラスに探りを入れてみるが、方針を決めスタートダッシュを決めたことが功を奏しているのか、現時点の段階で埋めきれない差ができていた。

戦力バランスを考え、重点種目、配点の低い種目など参加種目の振り分けも徐々に詰めているし、無論クラスメイトの強化にも余念はない。

油断は禁物だが、優勝は難しくないだろう。天は我の味方せり！

「……あれ？」

「どうしたの？」

どの競技に出るのか思い出そうとするも心当たりがない。致命的な大失態。

人様のことばかり考えていたせいか、肝心の足元がお留守になっていたようだ。

「俺の出る種目がない!?」

「は？」

蠢く者／逃れる者

「なんで私がそんなことしないとならないのよ！」

高架下のトンネル。暗がりの中、男の言葉に朱里《あかり》は苛立《いらだ》ちをぶつける。

「やりたいなら自分でやってよ！　私は関係ないから」

そう言い捨てて、その場を後にする。何も分かっていない。リスクの重さを。

東城《とうじょう》英里佳《えりか》に手紙を送った件も、嘘のカンニングを告白した件も、バレたら終わりだ。

小学生の嫌がらせとは訳が違う。それも今のあの男の立ち位置を踏まえれば、厳罰に処される可能性が高い。味方も多い。敵対して良い相手じゃない。それを理解していない。

当初、抱いていた鬱屈した思いは霧散していた。平穏無事に学校生活を送ることだけを考える。馬鹿な真似をして停学や、それこそ退学にでもなったら、目も当てられない。

家族に迷惑だけは掛けたくなかった。ようやく手に入れた幸せを手放したくはない。

海水浴で溺れそうになっていた所を助けてもらった。悔しいがアイツは恩人だ。

そんな相手を敵視することもできない。あの男とは違う。まだ引き返せる。

連絡先をブロックする。これ以上、破滅への道に付き合うのは御免だった。

何も知らないフリをして、無関係なフリをして、部外者のまま高校を卒業する。

――それが、十時朱里にとって、なによりも重要な目標だった。

あとがき

長すぎる夏休みもようやく終わり、とうとう五巻。いつも応援ありがとうございます！皆様のお陰でなんとかここまで来ることができました。

今回は物凄《ものすご》く難産だったので、無事に発売となりホッとしています。本来は、五巻の頭から二学期に入る展開を想定していたのですが、うっかりアノ人物の設定変更をしてしまったばかりに、WEB版では未登場の妹が登場するなど、少し番外編テイストにしてみました。もっと激しい対立や衝突にしてもよかったのですが、あまり逸《そ》れてもしょうがないので控えめに、加えて、これまでのテーマを補強して『未来』にスポットを当ててみました。

ラブコメの恋愛模様では、主人公とヒロインの関係性が「依存」になったりしますが、本作は恋愛しないラブコメということで、正反対の「自立」を関係性の中心に据えています。とはいえ、雪兎《ゆきと》君もヒロイン達《たち》も著しく成長してしまったばかりに、あまりにも生き急いでいる感があるので、そんなに慌てなくてもいいんじゃないかということで、今を楽しむ新展開満載の二学期は、イベントが盛り沢山です！（一学期も大概）

勿論《もちろん》、入居者も絶賛募集中なので、どんどん賑《にぎ》やかになっていく例のアレ。

次こそは、あとがきも大増量でお送りするので、また次の機会にお会いしましょう！

OVERLAP

俺にトラウマを与えた女子達がチラチラ見てくるけど、残念ですが手遅れです 5

発　行　2024年7月25日　初版第一刷発行

著　者　御堂ユラギ
発行者　永田勝治
発行所　株式会社オーバーラップ
〒141-0031　東京都品川区西五反田 8-1-5
校正・DTP　株式会社鷗来堂
印刷・製本　大日本印刷株式会社

Printed in Japan ISBN 978-4-8240-0851-0 C0193

作品のご感想、ファンレターをお待ちしています

あて先：〒141-0031　東京都品川区西五反田 8-1-5 五反田光和ビル4階　ライトノベル編集部
「御堂ユラギ」先生係／「緜」先生係

PC、スマホからWEBアンケートに答えてゲット!

★この書籍で使用しているイラストの『無料壁紙』
★さらに図書カード（1000円分）を毎月10名に抽選でプレゼント!

▶https://over-lap.co.jp/824008510
二次元バーコードまたはURLより本書へのアンケートにご協力ください。
オーバーラップ文庫公式HPのトップページからもアクセスいただけます。
※スマートフォンとPCからのアクセスにのみ対応しております。
※サイトへのアクセスや登録時に発生する通信費等はご負担ください。
※中学生以下の方は保護者の方の了承を得てから回答してください。

オーバーラップ文庫公式HP▶https://over-lap.co.jp/lnv/